ラヴィ THE MUSIC NOVEL
ギゼンシャ・クライシス

玄武聡一郎
原作・監修：すりぃ

MF文庫J

口絵・本文イラスト●SPIKE

【プロローグ】

いつだってラヴィの考えていることは、自分が楽しめるかどうかだった。

すべての判断基準は「楽しいか、楽しくないか」の二択しかない。

楽しいと思えばプライドなんてかき捨てて、滑稽な道化だって演じてみせるし、楽しくないと思えば指一本だって動かさない。

「あー、つまんないなぁ」

ラヴィが暇を持て余して街に遊びにきてから数時間が過ぎた。その間、ラヴィに邪《よこしま》な目的で声をかけてきた男の数、およそ三十人。ラヴィが可愛《かわい》らしい見た目をしているというのもあるが、なにより立ち寄った場所が悪かった。

繁華街の路地裏。

毒々しいネオンの裏に広がる暗闇には、少年少女を食い物にする、悪鬼羅刹《あっきらせつ》がうごめいていた。しかし、

「こういうのはもう飽きちゃったんだよなぁ」

ラヴィの足元には、無数の人間が倒れていた。その数、およそ三十。ラヴィに触れようとしたすべての人間は、傘についた雨露を払うがごとく、いとも簡単にねじ伏せられた。

ぴくりとも動かなくなった有象無象を見下ろしながら、ラヴィは思う。

力で一方的にねじ伏せる快感など、とうの昔に飽きていた。圧倒的な力の前に知略はいらない。ただひたすらに足蹴にし、蹂躙《じゅうりん》し、冷笑と共に見下ろすだけ。そしてそれは——楽しくない。

「もっと面白い遊びがしたいなぁ」

夜の街をのんびりと歩く。時折ラヴィの奇抜な見た目を見てぎょっとする者もいたが、夜の繁華街ということもあってか、悪目立ちもしなかった。コスプレか何かと勘違いしたのかもしれない。

と、そのとき、

「弧実《こみ》先生、やめてください……」

ビルの陰からすすり泣く声が聞こえてラヴィはそっと覗《のぞ》き込んだ。

室外機とゴミ箱の並ぶ汚らしいビル裏で、一人の大人が少女に詰め寄っている。

少女のほうは中学生くらいだろうか。制服の裾をつかみ、きゅっと身を縮こまらせている。

「やめてください、とは心外だな。僕が君に何をしてあげたのか、忘れてしまったのかい?」

「……親の代わりに迎えに来てくださったことは感謝してます。でも——」

「なぁ、心美《ここみ》」

　先生、と呼ばれた男が、ねっとりとした声音を発する。ぬらぬらとした粘液をまとった蛇のように、その声は少女に絡みついた。

「万引きだぞ、万引き。たとえ盗もうとしたものがたかだか数百円の駄菓子であっても、れっきとした犯罪だ。僕が店員を説得していなかったら、警察を呼ばれていたかもしれない。僕が学校に報告をしていたら、退学になっていたかもしれない。心美が今まで通り学校に通えるように頑張ったつもりなんだけどなぁ」

「だ、だからって、き……キスとかは、ちょっと……」

「好きなんだよ、心美」

　思わず噴き出しそうになって、ラヴィは慌てて自分の口を両手で覆った。

　これほど空虚に聞こえる告白も珍しい。

　短いやり取りではあったが、状況はおおむね把握できた。

　要するに少女は万引きをしてしまって、警察沙汰になりそうなところを教師が穏便にすませたのだろう。そしてその代償として、彼女に関係を迫っているわけだ。

「そんな、急に言われても……」

「全部、君のためなんだ。心美が学校で幸せに過ごせるよう、僕はなんでもするつもりだよ。心美がいろんな悩みを抱えていることは、見れば分かるからね。今回の万引きだって、自分の意思でやったわけじゃないんだろう？」

教師の言葉に、少女はハッとしたように目を見開き、そしておずおずと頷《うなず》いた。

「イジメられてるんだよな。万引きして来いって、誰かに強要されたんだよな」

「……なんで知ってるんですか？」

「知ってるさ。だって僕は心美《ここみ》のことが大好きだから」

言うや否や、教師は少女のほっそりとした体を抱きしめた。

少女は驚きのあまり息を呑《の》み、体を硬直させている。

「全部僕が解決してやる。言っただろ、君が学校で幸せに過ごせるなら僕はなんだってする。イジメの主犯格だって僕がやっつけてやる。だから——いいだろ？」

少女は抱きしめられたまま動かなかった。

うつむき、前髪に隠れた目から涙が流れ、頬《ほお》を伝って静かに落ちる。

やがて少女はかすかに頷き「よろしくお願いします」とか細い声でつぶやいた。

「あぁ、僕に任せろ」

その声は優しかった。温かかった。柔らかかった。

けれど言葉を発した当の本人は——醜く笑っていた。

優しさとは対極にあるような、捕食者の顔。

抱きしめた少女の顔が自身の胸に埋まっているのをいいことに、本性を隠そうともしていない。

そんな教師の顔を、ラヴィはしっかりと目に収めていた。

「へー、あれが偽善者ってやつか」

普通に考えて、教師が生徒に関係を迫るのは間違っている。生徒がイジメられているのを知っているのであれば、対価なく解決するのが教師の仕事であるはずだ。それを「君のため」という言葉を添えて、あたかも自分が味方であるかのように見せかけて、少女に無理やり恩を着せる。

いい人面《づら》して弱者を食い物にする偽善者。それがあの教師の本性だろう。

静々と涙を流す少女を眺めながら、ラヴィは考える。

ここで彼女を助けることは簡単だ。顔の形が変わるくらい教師の顔をぶん殴れば、二度と少女に手出ししようとは思わないだろう。

しかし、それでは普通だ。つまらない、面白くない。

目の前で起こっている事件は、もっともっと面白くできそうな気がした。自分の退屈と好奇心を満たしてくれそうな気がした。

「……そうだ、いいこと思い付いちゃった」

ラヴィは自分のアイディアに満足し、そして怪しく微笑《ほほえ》んだ。

両手の人差し指と親指をLの字に立て、それを目の前にかざしてフレームを作る。

ほっそりとした指で作った四角の中で、少女を抱く男の顔が醜く、恍惚《こうこつ》と歪《ゆが》んでいる。

「ねぇ、先生」

ラヴィは退屈を好まない。

非凡と非日常的なイベントこそがスリルを生み出すと信じていて、平凡で普通な日常を唾棄すべきものだと思っている。

非凡を愛し、平穏を嫌悪する。そんな、ラヴィの瞳が今、

「今から先生の人生――ぶっ壊してあげるね」

獲物を見つけた喜びで、キラキラと輝いていた。

【1】


突然だが、周藤陽菜《しゅうとうひな》は「普通」という言葉が結構好きだ。

普通という言葉は、決して褒《ほ》め言葉にはなり得ない。手作り料理の味を聞かれて「普通」と返せば相手の気分を損ねるだろうし、流行《はや》りの映画を見た友人に感想を尋ねて「普通」と返ってくれば、その映画は多分そこそこつまらない。

可もなく不可もなくという意味のはずなのに、どちらかといえば不可寄りの、ネガティブな使われ方をする、少し不憫《ふびん》な「普通」。

何を隠そう、陽菜はそんな普通の集合体だった。

周藤陽菜という名前も奇をてらわずに普通だし、中三にして身長155センチなのも平均的だし、成績はクラスの真ん中くらいだし、取り立てて特筆すべき特技がないところも平凡だし、お店で騒いでいるクラスメイトがいたら、軽く注意するくらいには常識的だ。

突出したところがなにもなく、平均値から外れない。

目立たなくて地味、ありふれていて平凡、面白みがなくて凡庸。

でも、それでいい。

だって世の中は、そんな普通を中心に回っているのだから。

「よし、今日はこれにしよっと」

アクセサリーケースからヘアピンを取り出して、前髪を留める。翡翠《ひすい》色の着色がとっても綺麗《きれい》で、デザインも可愛《かわい》くてお気に入りだ。

出かける前に鏡の前で最終確認。髪良し、制服良し、忘れ物なし。

指さし確認した後に、自分の部屋からリビングに下りる。両親はもう起きていて、新聞を読んだり、朝ごはんの準備をしていたり。

「あら、陽菜。今日は早いのね」

「日直なんだー。朝ごはん、これ貰《もら》ってくね」

「もー、事前に言っといてくれたら早めに朝ごはん作ったのに」

「いいのいいの。じゃぁ行ってきまーす！」

「車に気を付けるんだぞー。忘れ物もしないようにな」

「するわけないじゃん。お父さんじゃないんだから」

「お、言ったなこいつ」

軽口を叩《たた》きつつ、テーブルの上に置いてあった菓子パンをつかんで、通学路へ。菓子パンを開ける前に、裏面のカロリーをチェック。４００キロカロリー。少し多めだけど、仕方がない。走って消費したらチャラだろうと、陽菜は足を速めた。

デニッシュパンを三口で飲み込んで、学校までの通学路を軽くジョギング。

五分も走れば、陽菜《ひな》の通う聖華《せいか》学園に到着する。

時刻は七時丁度。少し早い時間だが、部活の朝練をしてる人のために校門は既に開いている。いつもは弧実《こみ》先生という早起きの先生が挨拶のために立っているのだけれど、今日は姿が見当たらない。お休みなのかな？　と思いながら、そのまま門を通り抜けた。

弧実先生は生徒たちから人気の先生で、その例に漏れず陽菜も好きだった。弧実先生の授業は面白いし、いつもニコニコしていて、話していると思わずつられて笑顔になってしまう。風邪とかひいてないといいけど。

そんなことを考えながら、陽菜は教室には向かわず、校舎裏の花壇へと向かった。

日直の仕事は色々あるが、その中の一つに「花壇の水やり」というのがあるのだ。今の季節はチューリップが綺麗《きれい》に咲いているから、忘れないように水をあげなくてはならない。

用具箱に入ったジョウロを取り出して、水を入れる。ちゃぷちゃぷと暴れる水面がこぼれないように持ち上げて、校舎裏にある花壇へと急いだ。

レンガ造りの校舎の角を曲がって、花壇のある校舎裏に足を踏み入れた、そのときだった。

つんと、鼻を突くにおいがした。

かすかに漂う刺激臭に記憶が刺激され、文化祭で使うカラースプレーのにおいだと気づいた。

今年の文化祭はまだ一か月以上も先のこと。準備期間でもないのに、一体誰が……？

においの出どころを探ろうとして、その原因は、すぐに見つかった。


「あーあ、見つかっちゃった」


突然だが――周藤《しゅうとう》陽菜は「普通」という言葉が結構好きだ。

普通が一番、心が休まるから。

穏やかで、平穏で、凪《な》いでいる。そういう日々が好きだから。

青い空の上で飛行機雲が交差する様を眺めるたび、猫が日向《ひなた》で寝ているところに出くわすたび、遠くの公園で小さな子供がはしゃいでいる声が聞こえるたび、陽菜は自分が普通でよかったと心から思う。

今日も、ありふれた一日の始まり方だった。

朝、いつもより早く学校に来た。日直で、校舎裏にある花壇のチューリップに水をあげなくてはいけなかったから。まだ学校にあまり人がいない早朝、聞こえてくるのはグラウンドで朝練している、部活動に励む子たちの掛け声だけ。

ありふれていて、普通。

穏やかで、平凡。

そんな日常の光景の中で、陽菜《ひな》はそれを見てしまった。

レンガ仕立ての校舎の壁に、荒々しくスプレー缶で書かれた英文字。

その壁の下に寄り掛かって気絶している先生。

その脇に佇《たたず》む、派手なパンクスタイルの服を着た一人の少女。

そして彼女がたった今、宙に向かってばらまいた大量の写真。

「なに、これ……」

いつの間にか、手に持っていたジョウロが地面に落ちて、代わりに陽菜は、宙を舞う写真の一枚を手に取っていた。

そこに写っていたのは、女子生徒と抱き合う弧実《こみ》先生の姿だった。

何枚も何枚も、写真が落ちてくる。

どの写真にも弧実先生が写っているけれど、一緒に写っている生徒は、すべて別人だった。何人もの少女が弧実先生に抱かれている。目に涙を浮かべながら。

「それが、こいつの正体だよ」

唐突に、目の前のパンクスタイルの女の子が陽菜に語り掛ける。

「こいつは学校でいじめられてる女子に取り入って、無理やり関係を迫ってたんだ。『助けてあげるよ、君のことが好きだから』とか言ってね。本当に助けるなら救いもあるけど、実際にはヤることとやって飽きたらポイ。誰にも言えなくて学校を辞めた子もいるらしいよ。

タチが悪いよねー」

「嘘《うそ》……」

「嘘じゃないよ。その写真が、何よりの証拠じゃない？」

頭が混乱していた。

なぜ、先生は気絶しているのだろう。

どうしてこの女の子は、壁に落書きをしているのだろう。

この写真は本物なのだろうか。先生は本当にそんな悪いことをしていたのだろうか。

そしてなにより――目の前にいる少女は、何者なのだろうか。

「どうしたの、おねえさん？」

可憐《かれん》な見た目に違わない、ポッピングキャンディのような甘い声。

キラキラしたビードロみたいな艶《つや》やかな目が、私を見る。

なにか、なにか言わなくちゃ。

名前を聞く？　どうしてこんなことをしたのかを聞く？

それとも誰か、助けを呼ぶ？

迷いに迷いに迷った末、陽菜の口から出たのは、

「か」

「か？」

「壁に落書きするのはダメだと思うよ。なんていうかその……常識的に」

状況にそぐわない、ありふれたお説教だった。

目の前の少女は、きょとんと首を傾《かし》げる。そりゃそうだ、まさかそこ突っ込む？　みたいな感じだろう。陽菜《ひな》自身、なんでこんなことを言ったのか分からなかった。混乱しすぎて、頭がおかしくなってしまったのかもしれない。

「ダメなの？」

「だ、ダメだよ。普通に考えたら分かるでしょ？」

「ふぅん」

少女が陽菜の顔を覗《のぞ》き込む。息を呑《の》むくらいに可愛《かわい》らしい顔立ちで、西洋のお人形さんみたいだと思った。見惚《みと》れる陽菜の目の前で、可憐《かれん》な桃色の唇がそっと開く。

「普通とか、常識とか。それって、そんなに重要かなぁ？」

「――ッ」

きゅぅっと、胸が締め付けられる気分だった。

目の前の光景はあまりにも日常とかけ離れていて、陽菜が好きな普通とは、似ても似つかない有様で……だからだろうか。陽菜は思わず、声を荒らげてしまった。

「大事だよ！　普通も、常識も！」

「ふぅん」

少女は驚きもせず、含みのある笑みを浮かべたまま陽菜に言った。

「じゃぁ教えてよ、おねえさんの言う、常識ってやつを」

「教える？　わ、私が？」

それって、どういうこと？　陽菜が口を開こうとした瞬間、校舎の角から声がした。声の質からして大人――おそらく先生の誰かだろう。「誰かいるのかー？」と問いかけながら、だんだんとこちらに近づいてきている。

「あちゃぁ、誰か来たみたいだね。それじゃぁおねえさん、また後でねー」

「あ、ちょっと待って！　行っちゃった……」

少女はあっという間にいなくなり、陽菜と、気絶した先生だけが残された。

虚空をつかんだ手を下ろすと、壁に書かれた英文字が目に入った。

あれ、なんて読むんだろう？　ウルフとかシープとか、動物の名前は読めるけど……。

荒々しく書かれた英文字は、陽菜の知識では解読できなかった。

「なんだ、周藤《しゅうとう》か。なにしてるんだ、こんなところで」

先生が近づいてくる音がする。

気絶した先生に、校舎の壁に書き殴られた落書き。そして何より、辺り一面に散らばった、弧実《こみ》先生の写真。当事者は既にこの場を去っていて、残されたのは自分一人。

普段の光景からはかけ離れたこの異常な状況を、いったいどう説明すればいいのだろうか。
陽菜《ひな》は小さくため息をついて、力なく壁の落書きを見つめた。
後から調べて分かったことだけど、壁に書いてあった英文は、
fuck the wolf in sheep's skin!!
直訳すると——「クソ喰《く》らえ偽善者野郎」

※

「つまり君は日直の当番で花壇に水をあげに来ただけで、弧実《こみ》先生の件には一切関与してないんだね？」

「は、はい！」

うわずった声で返事をすると、校長先生は「なるほど」と椅子に深く腰掛けた。

「まぁ周藤《しゅうとう》君が言うなら、そうなんだろうね。悪かったね、授業中なのに呼び出してしまって」

「いえ、そんなの、全然！　というか、信じてもらえるんですか？」

「どういう意味かな？」

「だって、あの状況を見たら、一番疑わしいのは誰がどう見たって私かなって……。推理小説で言えば、犯行現場に立っていた登場人物B、みたいな。探偵役に真っ先に犯人役として疑われる役、みたいな」

「はっはっは！　面白いたとえをするね、君は」

校長先生は恰幅《かっぷく》のいいお腹《なか》を叩《たた》いて、愉快そうに笑った。

「私は周藤君のことを微塵《みじん》も疑ってはいないよ。君のように小柄な子が、体格のいい弧実先生を気絶させられるとは到底思えないからね。それに周藤君は普段の素行もいい。君に声をかけた半田《はんだ》先生も、君のことを心配こそしていたが、犯人扱いなどしていなかったさ」

「そ、そう、ですか」

確かに陽菜の体格では、筋肉質な弧実先生を気絶させるのは難しい。

しかしだとしたら、陽菜よりもさらに小柄なあの女の子は、いったいどうやって弧実先生を気絶させたのだろうか？

「驚いただろう。弧実先生が気を失っていて、それもあんな写真まで……気分はどうだい？　もし体調がすぐれないようなら、今日は帰ってもいいんだよ」

「いいえ、大丈夫です。それより……あの写真は、本物なんでしょうか？」

私の質問に、校長先生はすぐには答えなかった。

少し考えて、一言、

「目下調査中だ。弧実《こみ》先生が目を覚ましたら、直接聞くことになるだろうね。もし本当なのであれば……実に嘆かわしいことだ」

調査中ということは、あの写真が偽物で、本当の弧実先生はやっぱり自分たちの知っている通り、優しくて穏やかな人ということもあり得るのだろうか。そうだといいな。

一限目の終わりのチャイムが鳴ったところで、校長先生は「長い時間付き合わせて悪かったね」と腰をあげた。どうやら質問タイムは終わりのようだ。

「あぁ、そうそう。それともう一つ」

陽菜《ひな》の手が扉にかかったところで、校長先生が思い出したように引き留めた。

「君が弧実先生を見かけたとき、怪しい人物を見かけたりはしなかったかな？」

「怪しい人……」

瞬間、脳裏にあの少女の姿が過《よぎ》った。

西洋人形みたいに可愛《かわい》い顔。

可憐《かれん》な見た目に違わない、ポッピングキャンディのような甘い声。

キラキラしたビードロみたいな艶《つや》やかな目。

陽菜は――

「いえ、見てないです」

「そうか、何か思い出したら、いつでもおいで」

一つ会釈して、校長先生の部屋を後にした。

なぜ素直に彼女のことを言わなかったのか、自分でも不思議だった。

少し考えて、「あの事件の犯人が小さな女の子だなんて言っても信じてもらえないから」じゃないかと思った。

校長先生も言っていた通り、陽菜たちのような小柄な生徒では、大柄な弧実先生を気絶させることは難しい。小さな女の子がいました、と伝えたところで、到底犯人像とは結び付かないだろう。校長先生を混乱させるだけの情報なら、伝えなくて正解だっただろうと陽菜は納得した。

「でもほんと、どうやってあの子は弧実先生を気絶させたのかな……」

「ふぅん、やっぱり呼び出されてたの、弧実先生の件だったんだ」

「うわぁっ！」

背後から肩をがばっとつかまれて、思わず大きな声をあげてしまう。

振り向くと、二人の友達がいた。古賀凛香《こがりんか》と、二階堂絵馬《にかいどうえま》だ。

「ねぇねぇ、陽菜ちゃん。あれってほんとなの？　弧実先生が不良に絡まれてカツアゲされたって」

興味津々で聞いてくるのは、古賀凛香。

ゴシップ好きで、いつも色んな噂《うわさ》を集めては陽菜《ひな》たちに教えてくれる、好奇心旺盛な子だ。クラス委員長も務めていて、頭がとてもいい。

「おまけにそいつら、スプレー缶で落書きして帰ったんだって？　マーキングしたがる犬みたいなやつらだな」

少し男口調なこちらの子は二階堂絵馬《にかいどうえま》。

口数は多くないけれど、アニメと漫画のことを話すときだけは、やたらと早口になるのが特徴だ。

「弧実《こみ》先生の話、もう噂が広まってるの？」

「当たり前じゃん。陽菜ちゃんが気絶した先生を不良たちから守ったって聞いたけど、ほんと？　不良相手に戦うなんてかっこいいなぁ」

「やるな陽菜。ヤンキー漫画の主人公に女性は少ないから、今なら覇権取れるかも」

「ちょ、ちょっと待って。凛香《りんか》は噂に振り回されすぎだし、絵馬は何言ってるかよく分かんない！」

自分が不良から先生を守るなんてあり得ないし、そもそも不良なんていなかった。噂に尾ひれも背びれもつきまくって、とんでもない怪物が生まれつつあるようだ。モンスターが野に解き放たれる前に、なんとしてもここで食い止めなくては。

「私はただ現場に遭遇しただけ。日直の仕事で花壇に水をあげに行ったら、先生はもう倒れてたんだよ。不良も喧嘩《けんか》もありません！」

「なぁんだ、やっぱりそうか。おかしいと思った」

「女子主人公のヤンキー漫画……いいな……主人公はやっぱりさらし……さらしか？」

絵馬《えま》は既に自分の世界に入ってしまったようで、窓の外を眺めながらブツブツ独り言をつぶやいていた。絵馬と陽菜《ひな》は幼稚園の頃からの幼馴染《おさななじみ》だが、昔からマイペースなところは変わらない。

「はいはーい、じゃぁ質問。陽菜ちゃんが校舎裏に行ったとき、誰かに会わなかった？怪しい人物とか、不審な人影とか」

その二つは同じ意味なのではと思いながら、陽菜はふと、二人にならあの少女のことを話してもいいのではと思った。荒唐無稽《こうとうむけい》な話でも信じてくれそうだし、たとえ信じてくれなくても、都市伝説みたいに楽しんでくれそうだ。

「実はね、校長先生には話してないんだけど、私が弧実《こみ》先生を見つけたとき、小さな女の子がいたの。それでね――」

「へー、僕のこと黙っててくれたんだ。おねえさん、やっさしー」

振り返る。

さっきまで誰もいなかったはずの窓辺に、あの少女が座っていた。

今朝出会ったときに着ていた服ではなく、陽菜と同じ聖華《せいか》学園の制服に身を包んでいる。

「やっほー、おねえさん。約束通り、遊びにきたよ」

「約束通り？」

そういえば別れ際、「また後でね」と言っていた気はするけれど、まさかこんなにも早く再会するとは思わなかった。驚いて言葉が出ない陽菜を尻目に、少女は朗らかに自己紹介する。

「僕の名前はラヴィ。さっきぶりだね、おねえさん」

「ら……ヴィ？」

頭の中で色んな漢字が浮かんでは消えた。ラって読む漢字って何があったっけ……っていうか、ヴィってなに？　ビじゃなくてヴィなの？　そんな漢字ある？

そこまで考えて、ようやく目の前の少女が日本人じゃない可能性に行きついた。なるほど、外国の子なのかな？

「えー！　めちゃくちゃ可愛《かわい》いんだけど！　今年から入学してきたの？　タイの色が緑だから、一年生だよね？　何組？　部活はなにか入ってる？　あ、ラヴィちゃんって呼んでも——」

「凛香《りんか》、ストップストップ！　悪いクセ出ちゃってるから」

「おっと失礼。あまりに可愛《かわい》い子だったから、つい」

凛香《りんか》は興味を持った相手に怒涛《どとう》の勢いで質問をしてしまうクセがある。今はもうやめてしまったけれど、新聞部にいた頃には鬼のインタビュアーとして有名だった。

「おねえさん、誰？」

ラヴィがきょとんと小首を傾《かし》げる。そんな些細《ささい》な仕草ですら絵になってしまう。

「私は古賀《こが》凛香。三年C組のクラス委員長だよ。ついでに言うと、次期生徒会長でもあるから、仲良くしとくとラヴィちゃんのためにもとっても得だぞ〜」

「生徒会長候補、でしょ。盛らないの」

聖華《せいか》学園は中高一貫校で、三年生でも生徒会長に立候補することができる。来週の選挙演説の後に中等部の全校生徒による投票が行われ、その結果をもとに会長が決定するのだ。

現在生徒会長に立候補している生徒が四人。陽菜《ひな》は思わず「会長候補」なんて言ってしまったけれど、正直なところ、四人の中では凛香が最有力候補だと思う。新聞部時代に築き上げた人脈と持ち前のコミュ力のお陰で人望があるし、クラス委員長をやっているから先生からの信頼も厚い。

「そうだ！　今年入学したばっかりだったら、まだ学校の構造よく分かんないでしょ。この校舎、無駄に広いからさぁ。今日の放課後、案内してあげよっか？　入学したての迷える子羊のために、凛香さんが一肌ぬいじゃうぞー」

凜香の申し出にラヴィは少し微笑《ほほえ》むと、

「ありがと、おねえさん。でも大丈夫」

陽菜の制服の裾をつかんで言った。

「今日は、先約が入ってるから」

「へ？」

「行こ、おねえさん。僕、あっちの校舎を見てみたいんだー」

「ちょ、ちょっと待って。今からって……授業はどうするの？」

「そんなの、さぼっちゃえばいいじゃん」

さも当然のように言って、唇を尖《とが》らせる。

そして、

「ダメ？」

きゅるんと上目遣いにこちらを見た。

うわっ、かっわいい……。こんな顔向けられたら、思わず「いいよ」って言いたくなっちゃうけど……。

（ダメダメ！　流されるな、私！）

陽菜は己を鼓舞して言った。

「だ、ダメに決まってるでしょ！　授業をサボるなんて、そんな不良みたいな……凜香もなにか言ってあげてよ！」

「うん？　いいんじゃない、別に」

「……ちょっと次期生徒会長。自分が何言ってるか分かってる？」

「別に一つくらい休んだって問題ないでしょ。っていうかラヴィちゃんを案内できるとかめちゃくちゃ羨ましいし。なんなら変わって欲しいくらいなんだけど」

「先生！　生徒会長になろうとしてる人がこんなこと言ってます！　問題発言ではないでしょうか！」

「残念でした。今の時間帯に先生はこの辺を通りませーん。それくらい確認して発言してますよー」

「こ、この卑怯者《ひきょうもの》！」

バカみたいな茶番を繰り広げていると、ラヴィが待ちきれないとばかりに陽菜《ひな》の袖を引っ張った。

「ねぇ、はやく行こ？」

「あ、ちょっと……！」

そしてそのまま歩き出す。小柄な見た目に反して力が強くて、そのまま引きずられそうになる。と、そのとき、

「陽菜、待って」

反対側の腕を絵馬《えま》がつかんだ。

そういえば絵馬は、ラヴィが来てから一言も喋《しゃべ》っていない。いつも通り自分の世界に浸ってたのだろうか。

「その子に伝えて欲しいことがある」

よく見れば絵馬の目はいつになく真剣だった。

もしかして、授業をさぼろうとしているラヴィを叱ってくれるのだろうか？　絵馬はこう見えて結構真面目なのだ。入学以来一度だって遅刻したことがないし、授業中もとても静かだ。ラヴィみたいなタイプが許せないのかもしれない。

そんな期待を込めて、陽菜は聞いた。

「うん、なに？」

「え、っと。その……コ……コ……コス……」

「コス？」

そして絵馬は。

小声で、もじもじと、そして聞き取れないくらいの早口で言った。

「……コスプレとか興味ないか聞いてもらえませんか」

「絶対嫌だけど」

※

結局授業をサボってしまった……。

中学三年間、一度だってズル休みなんてしたことないのに。

ちょっとした自己嫌悪を感じつつも、陽菜《ひな》はラヴィという少女から目が離せなかった。

なぜなら——

「ねぇおねえさん。あの大きな建物は？」

「あそこは体育館だよ。っていうか、入学式のときに行ったでしょ？」

「あれ、そうだったっけ？　もうだいぶ前のことだから忘れちゃったよ」

やっぱりこの子、絶対変だ。

入学式があったのは、つい一か月前のことだ。

そうでなくとも、体育の授業で訪れたことが一回はあるはずで、忘れるなんてあり得ない。

体育館だけじゃない。ラヴィはこの一か月間、まるで学校に通っていなかったかのように、陽菜に色々と質問をした。

食堂の場所、教室の場所、教員室の場所、授業の時間、休み時間のタイミング、中高一貫のこと、部活のこと。

あまりにも不自然なので、こちらからも何度か質問をしてみた。

けれどいつも、

「ラヴィはさ、もしかして学校休んでたの？　例えばその……おうちの都合とかで」

「ん？　んー、そうそう。休んでた休んでたー。家庭の都合的なやつでさー」

こんなふうにはぐらかされては、のらりくらりとかわされる。

ちゃんと会話しているはずなのに、陽菜にはラヴィに関する情報がなにひとつ入って来ない。彼女について分かっていることと言えば、中学一年生だということ（それもタイの色で分かっただけだ）、そしてもう一つは――今朝、弧実《こみ》先生を気絶させた犯人が、ラヴィだということだ。

「ねぇ、ラヴィ」

屋上に足を踏み入れたとき、陽菜は思い切って聞くことにした。

普段ここはみんなで昼食をとるときに使う場所だから、この時間帯には誰もいない。

グラウンドからあがる男子たちの歓声が、うっすらと聞こえてくるくらいだ。

ここからの景色は見晴らしがいい。グラウンドも、体育館も、旧校舎も新校舎も――校舎裏の花壇も、よく見える。

「なんであんなことしたの？」

今朝のことをなんと表現すればいいか分からず、ふわっとした表現になってしまった。

けれど、ラヴィには伝わったようだった。

これまでの質問と違い、しっかりと陽菜《ひな》の顔を見つめながら、ラヴィが答える。

「おねえさん、見た？　あいつが女子生徒を抱いてる写真。教師が生徒に手を出すなんてただでさえキモイのにさー、イジメられてる気弱な生徒ばっかり狙ってたんだよ。最低だと思わない？」

今朝見たばかりの写真がフラッシュバックする。

目を真っ赤に腫らして涙を浮かべる女子生徒と、いつも明るくて優しかった弧実《こみ》先生の、醜く恍惚《こうこつ》と歪《ゆが》んだ顔。

あまりにも衝撃的な写真で、思い出しただけでも胸がきゅぅっと苦しくなる。

「あれ、やっぱり本物なの？　合成写真とか、ＡＩで作った写真だったり……」

「あはは、そんなわけないじゃん！　正真正銘、本物だよ？　ほら、動画だってこの通りバッチリ」

そう言うとラヴィは陽菜にスマホの画面を見せた。弧実先生の猫撫《な》で声と、すすり泣く女子生徒が映った動画。音、声、表情、すべての質感が、それがリアルであることを教えていた。

思わず目を逸《そ》らす。優しい弧実先生の顔が、どうしても脳内でちらついて、離れない。

「こういうやつのこと、なんていうか知ってる？　偽善者っていうんだよ」

偽善者。うわべを取り繕って、優しさを演じる人。

本当に優しい人は、相手のためを思って行動する。けれど偽善者は——自分のために他人に優しくする。自分が良い人だと思われたいから、そうすることで、自分が得をする何かがあるから。偽善者の優しさの裏には、打算と計略が隠れている……いつか見たテレビでそう言っていた。あのときは、どういう意味なのかイマイチぴんと来なかったけれど、今なら分かる。

弧実先生は、自分の欲望を満たすために生徒に優しくしていたのだ。それも、口答えできないような立場の弱い生徒を狙って。

たしかに先生のやったことは最低だ。絶対に許されることじゃない。

「じゃぁラヴィは先生を懲らしめるためにあんなことしたってこと？　なんていうかその……正義のために」

「正義」

ラヴィは二、三度目を瞬《まばた》かせ、そのあとすぐに噴き出した。間違って口に含んだレモンを吐き出したみたいだった。

「正義！　正義だって！　そんなくっさい言葉、今時小学生だって使わないって！」

「し、仕方ないじゃん！　他にぴったりの言葉が思いつかなかったんだから！」

「あはは、おねえさん顔真っ赤。恥ずかしくなるくらいなら、最初から言わなきゃいいのに」

そう言うとラヴィは、音もなく地面を蹴った。

屋上に設置されている安全柵。その上に、猫のように器用に飛び乗る。

「正義、人道、道徳、倫理、善心、なんて言い換えてもいいけどさぁ。僕はそういうのに、ぜんぜん興味ないんだよねー」

「だったら――」

「面白いから」

柵の上で、ラヴィがクルリと一回転する。

危ないよ、と言う暇もなく――言う必要もなく、ラヴィの体は柵の上で危なげなく立っている。

「知ってる？　いい人ぶった偽善者を叩《たた》きのめすのって、さいっこうに楽しんだよ。いい人面《づら》した仮面がぺろって剥《は》がれて、中から醜い本性がどろどろって出てくるの。その状態の相手を、追い詰めて、追い詰めて、追い詰めて、四方八方逃げられなくして、五臓六腑《ごぞうろっぷ》に染み渡るみたいに、最後の最後で教えてあげるんだ。お前はもう、終わりだって」

「……弧実《こみ》先生のときも、そうやったの？」

「そうだよ。写真でおびき出したら血相変えて校舎裏に来てさぁ。『お願いします、なんでもしますからその写真だけは返してください』とか言って縋り付いてくんの。大の大人がみっともなく、僕の足元でこびへつらうんだよ。気持ちよかったなぁ」

恍惚《こうこつ》とした表情でラヴィは言う。

「で、最後は焦って写真を取り返そうとして、勝手に転んで気絶してやんの。ダサすぎて腹がよじれるかと思ったよ」

弧実先生が気絶した経緯は、自分で転んで頭を打ったから……だったらしい。知れば知るほど陽菜《ひな》の中の弧実先生像がガラガラと崩れ、もはや原型を留《とど》めていなかった。

「おねえさんも一緒にやってみない？　常識とか倫理とか道徳とかより、断然こっちのほうが面白いよ？」

「私は――」

いい。そんなことできるわけがない。

そう言い返そうとしたとき、チャイムが鳴った。校舎の中から椅子を引く音、生徒たちのお喋《しゃべ》りの声が、怪獣のお腹《なか》の音みたいに響き出す。

そんな校舎のほうを眺めながら、ラヴィは目を細めて言った。

「学校っていいよねぇ。ちょっと散歩しただけで分かったよ。ここは偽善者であふれてる」

「そんなことないよ！」

反射的に陽菜は否定した。

少なくとも陽菜は、自分が出会ってきた人たちはいい人ばかりだったと思っている。弧実先生の本性を見た後では、ハッキリと確信をもっては言い切れないけれど。

「じゃぁ、見せてあげよっか」

「え？」

「偽善者の正体を暴いてやっつけるところ、実際に見せてあげるよ」

気づけばラヴィの顔が目の前にあった。

普通なら思わず顔をそむけてしまうところなのに、なぜだろう。陽菜《ひな》はラヴィの顔から、目を逸《そ》らせなかった。そしてうわ言のように、自分の意思とは無関係に、言葉が出る。

思わず、聞いてしまう。

「誰を、やっつけるの？」

ラヴィはその質問を待っていたように満足げに笑って、そして答えた。

こともなげに、当たり前だとでも言うように。

「おねえさんの友達。名前は確か――古賀凛香《こがりんか》」

※

今日の授業が終了し、放課後になった。

ラヴィはあの後、やることがあると言ってどこかへ行ってしまった。

もう少し詳しく話を聞きたかったのだけれど……。

「はーい、じゃぁホームルームはじめるよー」

凛香の声につられて顔をあげる。放課後のホームルームの時間だ。

通常、このホームルームはクラスの担任が受け持つのだが、陽菜たちのクラスでは委員長が取り仕切ることになっていた。

担任曰《いわ》く「生徒たちの自主性を重んじ、主体性を育むという明瞭かつ明確な目的が云々《うんぬん》」。絶対面倒臭いだけだろうとクラスの誰もが思っていたが、凛香が進行したほうが早く帰れることに気づいてからは、誰も文句を言わなかった。

「えーお知らせですが、まず来週に私が当選する生徒会選挙があります！」

すかさずまだ決まってないだろ！　どんだけ自信満々なんだよ！　というツッコミが入るが、その声音に悪意の色はない。古賀凛香という生徒が、冗談にも取れるその虚言を、現実にするくらいのカリスマがあることはみんな分かっていた。

「なんだよー、言うだけならタダだからいいでしょー。みんな私に投票しろよー。あぁ、それと」

凛香の目線が陽菜を捉え、ぱちりとウィンクする。

「陽菜ちゃんは応援演説、よろしくね！」

「う、うん。がんばりまふ！」

「おー、今のうちに噛《か》んどけ噛んどけー」

思わず噛んでしまった陽菜《ひな》は、顔を赤くしながら周りの生徒に合わせてタハハと笑った。

応援演説とは、立候補者が選んだ生徒一人による他推薦だ。立候補者同士の人気が拮抗《きっこう》していた場合、応援演説者の内容によって勝敗が左右する場合もある。

陽菜としては、こんな重要な役どころは遠慮したいところなのだが……凛香《りんか》たってのお願いとあっては断るに断れなかった。清書し、既に暗記も終えてある原稿を机の中でそっと撫《な》でる。

「連絡事項はこれくらいかなー。あぁそうだ、最後にもう一つ！」

凛香は教卓の上にぐっと体を乗り出して、クラス全体を見渡しながら言った。

「ラヴィっていう美少女のことを知ってる人は、私に報告すること！」

多くの生徒が頭の上にクエスチョンマークを浮かべる中、陽菜だけがソワソワと身動きしていた。ちょっと、なに言ってんの！　と必死に目線でアピールするも、凛香は聞かない。それどころか絵馬《えま》を呼び出して、黒板にラヴィの絵を描かせると、

「こういう子です！」

と黒板を叩《たた》いた。うまい、無駄にうまい。さすが漫研のエース二階堂《にかいどう》絵馬、特徴を捉えつつデフォルメも効いていて、美少女具合に拍車がかかっている。若干絵馬の妄想も入っている気がするけれど……。

「じゃなくて！　ホームルーム私物化しすぎだよ、凛香！」

　思わず立ち上がった陽菜に、クラス中の視線が集まる。普段から目立つタイプではない陽菜は、視線が自分に集中するだけで少したじろいでしまう。

「だってー、今日一日中調べても全然集まらなかったんだもん、ラヴィちゃんの目撃情報。気になるじゃん」

「そうだ。あんな美少女を放っておくなんてもったいない。必ず小悪魔系執事のコスプレをしてもらう。必ずだ」

　絵馬の言っていることは相変わらずよく分からなかったが、どうやら凛香と目的は一致しているらしい。

　困ったな……屋上でのことを思い出し、陽菜は眉根を顰《ひそ》める。

「気になることは調べる、それが私のポリシー！　なんか問題ある？」

「で、でも、あんまり刺激しないほうが……」

「刺激？」

「あっ、いや……」

　たとえどれだけ見た目がよかったとしても、赤の他人に偽善者呼ばわりされたと聞けばいい気はしないはず。そう考えて陽菜は口をつぐんだ。

　凛香は一瞬不思議そうに陽菜を見たが、深くは追及してこなかった。

「というわけで、情報は私に！　有力な情報を持ってきた子にはご褒美があるよー！」

ご褒美ってなに？　と挙がった質問に、凛香《りんか》は力強く答えた。

「私のサイン色紙！」

絶対いらねーという笑い声とともに、ホームルームはお開きとなった。


「陽菜《ひな》ちゃん、一緒に帰ろー」

放課後、帰り道を歩いていた陽菜の肩を凛香がぽんと叩《たた》いた。

凛香、そして絵馬《えま》とは帰る方向が同じなので、部活がない日はよく一緒に帰っている。

「絵馬は？」

「先に帰るってー。なんだっけ、追っかけてる漫画の新刊が出るとかなんとか」

「あー、それはしょうがないね」

陽菜はアプリで気になった漫画を読むくらいだが、絵馬は毎月何冊も漫画や小説を買っている。なんでも、お布施は支出に入らないのだとか。陽菜にはよく分からない世界だったけれど、それだけのめり込める趣味があるのはちょっとうらやましかったりする。

「ねぇ、あれどういう意味なの？」

「あ、あれって？」

「言ってたじゃん。ラヴィちゃんの話が出たとき、あんまり刺激しないほうがって」

やっぱり覚えてるよね……と陽菜は目を泳がせた。ここは正直に言うべきだろうか？　けれど今は生徒会選挙の前の大事な時期だ。できるだけ凛香にいらぬ心配はかけたくない。

「ほら、あの後一緒に学校回ったんだけど、ちょっと変わった子だったから」

「変わってるって、どんなふうに？」

「うーん……」

なにもかも、と言ってしまいたい衝動を抑えた。正直なところ、聖華《せいか》学園の制服を着ていなければ、ラヴィがこの学園の生徒であることすら陽菜には信じられなかった。

「なんか危なっかしいって言うのかな……今日も屋上の柵の上に乗っかってくるくる回ってた」

「屋上の柵!?　すごっ、それで落ちないとか運動神経抜群じゃん！　何部に入ってるのかなぁ、新体操部とか？」

「どうかな、結局それも教えてもらえなかったし」

「そっかぁ、気になるなぁ謎めいた美少女。好奇心をくすぐられるー！」

話をしているうちに、交差点に差し掛かった。

橙色《だいだいいろ》の夕日が、信号機の影を落としている。

陽菜と凛香はいつもここで別れる。一緒に帰るときのお決まりのパターンだった。

「じゃ、また明日ね」

「うん、また明日！　あ、ねぇ陽菜《ひな》」

凛香《りんか》の声がして、振り向く。

強烈な夕日を背に立っているからか、凛香の顔はよく見えない。

ただ、辺りに散らばる信号機の音だけが、いやに耳について離れなかった。

「私に隠し事とか――してないよね？」

いつもと同じ声音、同じ抑揚、同じテンポなのに、ぞわりと鳥肌が立った。

きっと、夕日のせいで凛香の表情が見えないからだ。

きっと、屋上でラヴィに言われたことが気になっているからだ。

そんなふうに自分に言い聞かせて、心臓の音を落ち着かせて、陽菜は答えた。

「うん、もちろんだよ」

※

「陽菜ー。お風呂沸いたから先入っちゃいなさい」

「はぁい」

生返事をして、お気に入りの動画投稿者、ハナハナちゃんのダンス動画を閉じてリビングを出る。家に帰ってからも凛香のことが頭から離れず、ぼーっとしてしまっていた。にぶい頭で廊下をのろのろと歩いていると、父の広茂《ひろしげ》とすれ違った。

「どうした陽菜、顔色が悪いぞ。風邪でもひいたか？」

「ううん、体は元気」

「じゃぁなにか悩み事か？　父さんで良ければ、話聞くけど」

「うぅん……」

少し悩んだが、陽菜は話を聞いてもらうことにした。陽菜が落ち込んでいるとき、父は目ざとく異変に気づき、相談に乗ってくれる。昔からそうだった。

「お父さんはさ、もし自分の友達が実は悪い人かもしれないって噂《うわさ》を聞いたら、どうする？」

「なんだそれ、心理テストか？」

「違うよ、真面目な話」

「そうか、ならしっかり考えなくちゃな」

うーんと唸《うな》ってしばらく考えて、広茂は答えた。

「父さんなら、その人と初めて友達になった日のことを思い出すかな」

「初めて友達になった日？」

そうだ、と頷《うなず》き、広茂は続ける。

「それでさ、噂なんて知らない昔の自分に聞いてみるんだ。なんでその子と友達になったのかを。そしたらおのずと答えは出ると思うよ」

凛香《りんか》と友達になった日のことを思い出す。自分では考え付かなかった方法だ。

父にお礼を言い、ゆっくりとお風呂に浸《つ》かりながら、陽菜《ひな》は記憶を巡らせた。

凛香とは聖華《せいか》学園の中等部に入ってから友達になった。

成績優秀、スポーツ万能、先生からの覚えもめでたい、いわゆる優等生。

あらゆる面で普通な陽菜とは別世界に住んでいる生徒。そんな凛香と陽菜が仲良くなったのは、一年のときに参加した運動会でのことだった。

リレーに出場した陽菜は、不運なことに途中でこけてしまった。そのときに肩を支えて、一緒にゴールしてくれたのが凛香だった。

『私、目立ちたがり屋なんだ。一位でゴールするより、あなたと走ったほうが目立ちそうだったから、肩を貸しただけ。だからお礼なんて言わないでね』

走り切った後、擦りむいた膝を治療してくれながら、凛香は笑ってそう言った。その嫌《いや》味《み》のない性格に惹《ひ》かれて、そこから自然と彼女と親しくなっていったのだ。

あのときの彼女の優しさが偽善だったなんて——そんなこと、考えられない。

(うん、きっと何かの間違いだよ)

そもそも、あのラヴィという少女は胡散臭《うさんくさ》いのだ。弧実《こみ》先生が倒れていた現場にいたけれど、本当に彼女が先生を呼び出したかどうかは怪しい。たまたま現場に遭遇して、自分がやったと嘘《うそ》をついている可能性だって０ではない。

「難しいこと考えるのやーめた！　私は私の知ってる凛香を信じる！」

声に出して言うことで、より一層覚悟が固まる気がした。

父の言う通りだった。凛香との出会いを思い出すことで、自分の信じるべき相手が明確になった。

ぽっと出の新入生の言うことに惑わされて、三年間一緒の友達を疑うなんて馬鹿げてる。

胸の奥に渦巻くもやもやを振り切るように、陽菜は風呂場で応援演説の練習を始めた。

「私は、古賀《こが》凛香さんを生徒会長に強く推薦します。理由は大きく二つあります。一つは、古賀さんには新聞部時代に築いた太い人脈があるからです。彼女は一年生の頃から新聞部に在籍し――」

練習は、母親にうるさいと怒られるまで続いた。

風呂場から上がる頃には日付も変わり、陽菜の心の中のもやもやも消え去っていた。

※

古賀凛香が支配という言葉に魅了されたのは、小学生の頃だった。

当時担任だった先生は、暴言と暴力で生徒たちを従わせていた。遅刻すればゲンコツ、宿題を忘れればゲンコツ、反論すれば罵詈雑言《ばりぞうごん》。体の大きな成人男性を前に、生徒たちは萎縮。その結果、表面上は問題ごとの起こらない、優秀なクラスとして認識されていた。

不満は水面下で溜《た》まっていた。水のパンパンに詰まった袋を上から思いっきり押しつぶすみたいに、強すぎる圧力はやがて崩壊を生む。

最終的にその担任は、複数の生徒からたび重なる暴力行為の告発を受けてクビになった。

そして凛香《りんか》たちのクラスは平和になった――わけではなく、我の強い生徒たちによって呆気《あっけ》なく学級崩壊した。後任に就いた担任は優しかったが、生徒たちをまとめ上げるだけの力はなかった。

凛香は思った。

結局のところ、支配は必要だったのだ。ただ、そのやり方が良くなかっただけで。

あの男の価値観は古すぎた。力と勢いだけで生徒をまとめ上げる時代はとうの昔に過ぎ去った。

もっと今の時代にマッチしたやり方があるはずだ。もっと生徒たちから反感の出ないやり方があるはずだ。

あぁ、私なら――もっと上手《うま》くやれるのに。

「さてと。今日も始めますか」

夜、古賀《こが》凛香はいつものようにパソコンを開いてブラウザを立ち上げた。スマホのほうが使い慣れているが、複数のWebサイトをまたぐ場合はこちらのほうが作業効率は良い。

早速ブクマしてある聖華《せいか》学園の掲示板を開き、気になるスレッドをチェックする。

「へー、サッカー部のキャプテン、マネージャーの子と付き合い始めたんだ。二年B組は来週カラオケ大会……また一軍メンバーだけで行くんだ。クラスに亀裂入るぞー」

聖華学園はマンモス校だ。中等部の生徒数だけでも二千人は超えると言われている。

そんな生徒たちが好き勝手に乱立させる掲示板のスレッド。そのすべてに、古賀凛香は目を通していく。長年鍛えた速読スキルで、常人を遥《はる》かに凌《しの》ぐ速度で膨大な量の書き込みを読み進めた。

これらはすべて、凛香が生徒会長になるために必要なことだった。

古賀凛香が最も重要視しているのは情報だ。

かつての担任は暴力を振るうだけ振るって、その相手がどのようにその事実を広めるかについては無頓着だった。要するに脳筋だったのだ。だから足元を掬《すく》われた。

もしあのとき、ただの膂力《りょりょく》による支配だけではなく、情報まで抜かりなく統制していたら、きっとあの担任が告発されることはなかっただろう。

自分に腕力はない。だが、人を惹《ひ》きつける力と、情報を集める能力だけは誰にも負けていない自負があった。

「今日のターゲットはこのスレッドかな」

凛香《りんか》が目をつけたのは、生徒会選挙とはまったく関係のないスレッドから見つけた情報。二年B組の、カラオケ大会のスレッドを読んでるときにたまたま見つけたものだった。

「ふーん、オケ部の部長、決起会開くんだ」

オケ部の部長を支持するクラスのメンバーで集まって、士気を高めようということらしい。参加するメンバーは三年D組から数名、G組から数名、オケ部から多数……。大体の状況を把握した凛香はニンマリとほくそ笑んだ。

今回の生徒会選挙で最も障害になりそうな敵がオケ部の部長だ。選挙当日までに、票が向こうに流れないようにしておきたい。

「よし、やっちゃいますか」

凛香はスレッドに書き込みを始める。

『そういえばオケ部の部長、決起会に野球部とかサッカー部の部長も呼ぶらしいな』

もちろん嘘《うそ》だ。そんな事実は一切ない。けれど、掲示板には早速反応する者が現れた。

『それ、どこ情報?』『部長だけ集める決起会とか、怪しいにおいがするね』『怪しいにおいってなんだよ』

いい反応だ。凛香は別の端末から掲示板にアクセスし、別人を装って匿名で書き込む。

『そりゃぁほら。部費とか優遇する代わりに、部活単位で自分に票を入れるように取引してんじゃないの、ってことでしょ』

『は、なにそれズルくね？』『また運動部だけ優遇されんのかよ』『おい、弓道部は全然優遇されてないぞ』『柔道部も』『剣道部も』『マイナースポーツは帰ってどうぞ』

反応は上々だ。スレッドは盛り上がり、書き込みも増えてきた。

この流れなら、こういう書き込みをしても不自然じゃないだろう。

凛香は指を走らせた。

『ってか、普通に庄司君《しょうじ》がっかりなんだけど』

庄司というのはオケ部の部長の名前だ。

庄司の名前を出したことで、スレッドはさらに加速していく。

『たしかに、真面目で正々堂々ってイメージだったからなぁ』『俺庄司君に入れるつもりだったから悩む』『いやいやお前ら笑　こんな噂《うわさ》で投票先変えんなよ』『俺はむしろサッカー部にむかついてるけどな』

もちろんこの程度で庄司への投票が減るとは思っていない。所詮は掲示板の与太話《よたばなし》だ。

凛香の真の狙いは、この先にあった。

スマホを操作し電話をかける。相手はサッカー部の部長の芦谷《あしや》だ。中学二年の頃に同じクラスだったので、電話をかけるのも不自然ではないだろう。

「あ、もしもし芦谷君？　ごめんねこんな時間に。ちょっと気になる話見つけちゃって。今大丈夫？」

『大丈夫だけど。なに急に、怖いんだけど』

「実は……掲示板でサッカー部の部長が庄司《しょうじ》君と癒着してるって噂《うわさ》が流れてて」

『はぁ!? なんだよそれ?』

凛香《りんか》は事の流れを詳しく説明した。癒着の噂は尾ひれがついて大きくなり、今ではサッカー部の部長を悪く言う人間も出てきているということ。実際にスレッドを確認した芦谷《あしや》は、だんだんと不安になってきているようだった。

『なんでだよ……俺なんも悪いことしてないのに……』

「ほんと酷《ひど》いよね。でもさ、ここからが本題。私にいいアイディアがあるんだよ」

『アイディア?』

「うん。もういっそのこと、決起会の日に他校との練習試合とか組んだらいいんじゃない? そしたら、決起会なんかに行ってる暇ないって分かるじゃん」

『た、たしかに! お前天才かよ! あ、でも……』

芦谷が声を落とす。

『今からじゃ試合組めるところないかもなぁ……』

決起会が予定されているのは明後日だ。芦谷の言う通り、普通なら今から他校と試合を組むことは困難だろう。

「それさ、私が探してあげよっか?」

『えっ、まじで!? そんなんできんの？』

「うん。新聞部時代に他校とも交流あったから、サッカー部なら声かけられるよ。いくつか候補あるけど、声かけてみる？」

『くっそ助かる！　お前いいやつだなまじで！』

「いまさら気づいたのー？　あ、でも急に練習試合の予定入ったら部員のみんなもびっくりするかもしれないから、ちゃんと今回の件、説明しといたほうがいいかもね」

『あー、たしかに。そうするわ』

「おけー。じゃ、予定組めたらまた連絡するね」

『まじで恩に着る！　もうすぐ大会だから、変な噂に巻き込まれたくないしさぁ』

スマホの向こうで、ベッドに倒れ込む音がした。緊張が解けて、横になったのだろう。

『なんかさぁ、お前みたいなのが生徒会長になるんだろうな』

「えー、なに急に。お礼のつもり？」

『いや、そんなんじゃないよ。今なんとなくそう思ってさ』

「ふ～ん。ま、今日は私と同《おな》クラだったことに感謝して眠るんだねー」

電話を切った後、凛香は笑いがこみ上げてくるのを抑えられなかった。

バカなやつ、ほんとに。サッカーはできるかもしれないけど、頭は空っぽ。だからこんな簡単に騙《だま》される。

これで凛香《りんか》はサッカー部全員に恩を売ったことになる。全員が票を入れるとは思わないけれど、選挙に興味がない人間が自分に票を入れる可能性は高いだろう。返報性《へんぽうせい》の原理というやつだ。

「ちょろいなー、生徒会選挙」

凛香はニヤニヤとつぶやきながら、野球部の部長の連絡先を開く。もちろん、さっきと同じ方法で野球部に恩を売るためだ。

生徒会選挙において大事なのは、選挙までの期間をどうやって過ごすかだ。当日の演説なんてお飾りで、票の流れの大半はその日までに決まっている。

応援演説なんてその最たる例だ。あんなもので投票の数%だって変わるわけがない。

どうでもいいんだ、はっきり言って。

無難に、適当に、ありきたりのありふれた当たり障《さわ》りのない内容を話してくれればそれでいい。

周藤陽菜《しゅうとうひな》はまさにその役にうってつけだった。

普通で凡庸で有象無象の代表みたいな彼女なら、きっとそういう生徒たちが好きそうな、普通の演説をしてくれるだろう。

「どうせ『古賀《こが》凛香さんを生徒会長に強く推薦します』から始まるんだろうなぁ。あの子のことだから」

凛香はふと、少し前の休み時間に陽菜と交わした会話を思い出した。

陽菜がなにやら熱心にスマホで調べ物をしていたので、こっそり後ろから覗《のぞ》き込んだのだ。陽菜が眉間にしわを寄せて読んでいたサイト名は「これで完璧！　絶対友達を勝たせる応援演説！」だった。

凛香に覗かれていることに気づいた陽菜は、顔を真っ赤にしてスマホを隠しながら「だって応援演説とか大役だし！　絶対間違えられないと思って……」としどろもどろに説明していた。あのときは「真剣に取り組んでくれてありがとね。陽菜ちゃんに頼んでよかった」とリップサービスを言ってあげたけれど。

「笑っちゃうよねー、ほんと。ただのお飾り応援演説なのに必死になっちゃってさ」

あの子は自分の応援演説の出来の良《よ》し悪《あ》しが、この古賀凛香の当落に関わると本気で思っているのだろうか？　もしそうなのだとすれば、あまりにもおめでたい頭だし、同時に非常に腹立たしくもある。

だってそれは、選挙が接戦になる可能性があると思っているということだから。

自分の演説で、凛香の背中を押せると思っているということだから。

「調子に乗るなよ、凡人が」

陽菜のスマホを覗き見たあの日から、凛香は決めていた。

応援演説をするのがバカらしくなるくらいの圧倒的な差を見せつけてやる。

自分が書いてきた原稿が薄っぺらく思えるほどの演説で当選してやる。格の違いを、見せつけてやる。

陽菜《ひな》は応援演説を頼んだとき、精一杯頑張るね！　と両手を握りしめてくれたけれど、

「全部無駄な努力なのよ、バーカ」

ふと窓の向こうから視線を感じた気がしたが、凛香《りんか》は特に気にも留めず、野球部の部長の連絡先をタップした。生徒会選挙を万全の状態で迎えるために。

※

生徒会選挙当日。古賀《こが》凛香は余裕の表情で舞台脇に待機していた。

この日までに情報操作はほとんど済んでいた。対抗馬として最も厄介だったオケ部の部長は「なぜか」一週間前から支持率が下がり、凛香の敵ではなくなった。

新聞部が独自に行った調査によると、今回の四人の候補者の中で、凛香の支持率は70％超え。投票前から結果は分かっているに等しかった。

「それでは、立候補者と応援演説される方はこちらにお並びください」

選挙は以下の流れで執り行われる。

まず立候補者の演説があり、その後オーディエンスからの質疑応答の時間。最後に応援

演説があり、終わり次第次の立候補者へと順番が回る。

この中で唯一警戒しなくてはいけないのは質疑応答だろう。これぱかりは、どれだけ準備したとしても予測不能な質問が飛び出すため、その場での対応力が求められる。

しかしそれは凛香の得意とするところだった。新聞部時代に鍛え上げた思考の瞬発力には自信がある。

「それでは次、古賀さんお願いします」

選挙委員から声がかかり、凛香は控え席から立ち上がった。と、そのとき。

「凛香。頑張ってね！　私も頑張る！」

明らかに緊張した面持ちで、周藤《しゅうとう》陽菜がエールを送っていた。さっきまでとりつかれたように人の文字を書いては飲み込んでいたやつに励まされても、どんな顔をすればいいのか分からない。

そもそも、私も頑張るってなんだ？

自分の頑張りが、私と同じだけの価値があるものだと思ってるのか？

胸の奥にぐつぐつと、苛立《いらだ》ちが煮えたぎりそうになる。

落ち着け、見せつけてやればいいだけだ。

全校生徒に、周藤陽菜に。

自分と、支配される人間たちとの格の差を。

「ありがと、陽菜《ひな》ちゃんのおかげで元気出た。応援演説、よろしくね？」

すべての感情に蓋をして笑顔でそう言うと、陽菜は嬉《うれ》しそうに笑って、そしてまたすぐさま青白い顔に戻って原稿を暗唱し始めた。

大丈夫だよ。あんたがそれを読む頃には、もう結果は確定しているから。

壇上に登る。たくさんの生徒たちの視線が、一斉に集まるのを感じる。

あぁ、これだけの生徒たちをまとめ上げることができれば、どれだけ気持ちいいだろう。

中等部全員の上に立つ。その光景を思い浮かべるだけで、心が浮き立つ。

「三年C組の古賀凜香《こがりんか》です。私が生徒会長に立候補した理由は――」

ゆっくりと、丁寧に、時に抑揚をつけて凜香は演説を始めた。

時間にして約五分、生徒たちは皆静かに凜香の演説に聞き入っていた。その実感が、たしかに凜香にもあった。

「以上です。ご清聴ありがとうございました」

古賀凜香が演説を終えると、体育館の中は盛大な拍手で満たされた。ミスひとつない、完璧な演説だった。

やがて実行委員から質疑応答の時間であることが告げられ、生徒の一人にマイクが渡る。

問題ない。

凜香は内心ほくそ笑んでいた。

どのような質問が来ようとも、ある程度の対策は講じてある。この選挙は——もらった。

「あのー、ひとつ質問なんですけどぉ」

マイクを渡された生徒が話し始める。

可愛《かわい》らしい、それでいてやけに耳に残る声が、体育館全体に響いた。


「もしかしてー。もう、勝ったと思ってませーん？」


……は？

「なんか勝ち誇った顔で演説してたから、もう勝った気になってるのかなぁって思ってさー。でもハッキリ言ってぇ」

声の主が笑う。くすくすと。

「あんたもう、負けてるよ？」

なぜか背筋に鳥肌が立って、凛香は反射的に手に持ったマイクを握りしめた。汗ばんでいる。演説をしているときは、一ミリたりとも汗なんて出なかったのに。

それにこの声、どこかで聞いたことがあるような……。

「どういうことでしょう？」

「自分の目で確認して見たらいいじゃん。おねえさんが味方だと思ってる人たちが、本当に味方かどうかを」

「だからどういう――」

そこまで言って、気づく。

自分に向けられた視線の一部が、とてもとても、冷ややかだということに。

「そういえばオケ部の部長、決起会に野球部とかサッカー部の部長も呼ぶらしいな」

ぞくり、と背中が粟立《あわだ》った。

「そりゃぁほら、部費とか優遇する代わりに、部活単位で自分に票を入れるように取引してんじゃないのってことでしょ」

なぜ、どうして。そんな疑問ばかりが先に出て、頭がまったく回らない。

「ってか、普通に庄司《しょうじ》君がっかりなんだけど」

可愛《かわい》らしい声が言う。

そのとき、ようやく質問主の顔が見えた。

間違いない、あの子は――ラヴィだ。

「これ、なーんだ？」

「……なんのことかさっぱり分かりません」

「じゃぁ記憶力が穴の開いたザル並みに終わってるおねえさんに変わって、僕が説明してあげる。これはね、凛香《りんか》おねえさんの掲示板への書き込みだよ」

なぜバレた。学園の掲示板はサーバー負荷を軽減するため、毎日ログが消えることになっている。つまりＩＰアドレスから書き込み主を特定することはほぼ不可能に等しいのだ。

なのに、なぜ――

いや、そんなことはどうでもいい。今はこの状況を切り抜けなくては。

「言いがかりですね。匿名の書き込みなんて、誰が書いたか分からないでしょう。私が書いたという根拠でもあるなら話は別ですが」

「あるよ、ほら」

ブワッ！　と風を感じるほどの勢いで、何か紙のようなものが宙にばらまかれた。

そのうちの一枚が、凛香の手元に落ちてくる。

それは、写真だった。

どこから撮影したのか、パソコンに向かう凛香を後ろから撮影した画角。ご丁寧に、パソコンの部分を拡大して、凛香が打ち込んでいる文字まで鮮明に見えるようになっていた。

そしてその書き込んでる内容は、もちろん――

「全部バレてるよ？　おねえさんがやったこと」

「……合成写真ですね」

「おねえさん、なんでこんなことしたの？」

「私は何もしてません」

「おねえさんはさぁ、ぶっちゃけこの選挙で一番有力候補だったわけじゃん？　なにもしなけりゃ、そのまま当選してたでしょ。なのに、なんでこんなことしたわけ？」

「私はなにも……」

「支配」

びくっと凛香《りんか》の肩が跳ねる。

それは何よりも、凛香が渇望しているものだった。

「おねえさんはさぁ、この選挙に勝ちたかったんじゃない。支配したかったんだよ。票の流れを、噂《うわさ》を、情報を、投票する生徒たちの感情を、全部自分でコントロールしたかったんだ」

「違う……」

「だから勝ち確の試合でも無駄な一手を止められなかった。だって、他人が自分の思うように動くのって気持ちいいもんね？」

「違う」

「おねえさんは自分の支配欲を満たすために、他人を利用したんでしょ？　あなたが心配だから、あなたに忠告しようと思って。そんなふうに、いい人面《づら》して、善人を気取って、実際には自分が気持ちよくなることだけ考えてたんだ」

「違う」

「ねぇ、気持ちよかったんでしょ？　すべてがうまくいってる気分になって、みんなの前で演説して、自分の勝ちを確信して。でもさぁ、はっきり言うけど、おねえさんが演説してるときの顔」

「さいっこーに、ブサイクだったよ？」

「違うって言ってんだろ！」

思わず張り上げた声に、体育館の中が水を打ったように静かになる。

自分の荒い呼吸音が、やけに大きく響いているような気がした。

「あー、君。あんまり攻撃的な言葉は控えるように。これ以上続けるようなら、出て行ってもらうよ。それと、いたずらにゴミを散らかさないように」

体育館につめていた先生が、ここにきて初めて口を挟んだ。基本的にこの生徒会選挙は生徒の自主性に任されているが、毎年質疑応答は過激な質問が飛ぶことが多いので、万が一に備えて先生が数名待機しているのだ。

ラヴィは「は〜い」と気の抜けた声で答えると、そのままその場ですとんと着席した。

先生のお陰でラヴィの質問は強制的に終了されたが、場の空気は最悪だった。その後の質疑応答で手を挙げたのは、サッカー部の部長の芦谷《あしや》だった。

「……俺のこと騙《だま》してたのかよ」

「そんなつもりは、ありません」

「いい人面《づら》して、裏で俺のこと嘲笑《あざわら》ってたのかよ。騙されやすいやつだって！」

「そんなことは——」

「ざけんなよ、マジで！」

芦谷の発言を皮切りに、凛香《りんか》が騙《だま》した人間たちも次々と手を挙げた。そのたびに凛香は、紋切り型で空っぽな返答をした。

そんなつもりはありません。

申し訳ありません、以後このようなことがないように気を付けます。

すみません、すみません、すみません……。

何度も同じ言葉を繰り返す。

質疑応答の時間は十分程度だったはず。

なんでこんなに長いんだ。タイムキーパーすらも私の敵なのか？

いつになったら終わるんだ。とにかく、早く終われ、終われ、終われ、終われ……っ！

カツン。

床を硬い棒で叩《たた》いたような音がして、顔をあげた。いつの間にか、視線が下がっていたことに気づいた。

音の出どころにはラヴィがいた。

にやにやとこちらの様子を眺めながら、ぱくぱくと口を動かしている。

声は出ていない。けれどなぜか、なにを言っているのかが手に取るように分かった。

「おつかれさま、クソ雑魚クラス委員長様」

ブチッ。

頭の中で、何かが弾《はじ》け飛ぶ音が聞こえた。

溜《た》まりに溜まったストレスが爆発し、怒りとなってあふれ出る。

もういい、この先何がどうなったってかまわない。

今はただ、あの生意気な小娘をできるだけ痛い目に遭わせてやりたい。

そんな荒々しいまでの暴力的な本能に身を委ね、一歩を踏み出そうとした。

そのときだった。

「あ、あの」

ぱっと、目の前に誰かが立ちふさがった。

その子は凛香に背を向けたまま、震える手でマイクを握り、中等部の生徒たちに向かって、語り掛けた。

「古賀凜香《こがりんか》の応援演説をする、周藤陽菜《しゅうとうひな》です。こんな状況ですが、みなさんに聞いて欲しいことがあります」

応援演説？　凜香は耳を疑った。いまさら陽菜が出てきたところで何が変わると言うのだろうか。応援するべき対象は、とっくの昔に生徒たちの信用を失っている。すべてはもう、終わったのだ。

それなのに、

「凜香は馬鹿なんです」

いったいこの子は、なにをしようとしているのだろう？　凜香はただ呆気《あっけ》に取られて、陽菜の背中を眺めていた。

「勉強はできます。賢くて、頭がキレて、色んなことを考え付くけど、でも根本的にはバカなんですよ。今回だってそうじゃないですか。掲示板に嘘《うそ》の書き込みするとか一番やったらダメなことじゃん。バレないと思ってたの？　バレなきゃいいと思ってたの？　ほんと——ばっっっかじゃないの!?」

最後の言葉はオーディエンスではなく、凜香に向けられていた。

「なにか企《たくら》むならもっとうまくやりなよ！　悪いことしてたのなら、ちゃんと最後まで隠し通せ！　その賢そうな顔はお飾りか！」

ぜぇぜぇと肩で息を切らしながら、陽菜は凜香を睨《にら》みつける。

まだ物言いたげな陽菜《ひな》に、凛香《りんか》は静かに、彼女にしか聞こえないくらいの声量で問うた。

「なに、わざわざ文句言いに来たわけ？」

「まぁ半分は。私が考えてた原稿の内容、全部パーになったし。一生懸命考えたのに」

「……あとの半分は？」

「応援しに来た」

不承不承に、仕方なくという感じで、不満げに唇を尖《とが》らせて、それでも陽菜は、前を向いて演説を続ける。凛香が下を向き、無意識に視界に入れないようにしていたオーディエンスに、馬鹿みたいにまっすぐ向き合っている。

「馬鹿だし、表向きの顔と裏の顔があって、みんな戸惑うかもしれない。だけど、生徒会長になりたいって気持ちだけは、きっと誰にも負けてないと思うんです。生徒会長になるために、根回ししたり、票の流れをコントロールしようとしたり、人を……騙《だま》したり。そんなことする人、いないじゃないですか。たとえちょっと考えたとしても、実際に実行して、それを最後まで成し遂げてしまう人なんて、いないじゃないですか」

陽菜は、続ける。

「もちろん人を騙すのは良くないことです。そこは猛省してもらいましょう。だけど少なくとも、目的を達成するその情熱だけは、間違いなく非凡だと思うんです。動機は不純かもしれないし、やり方は決して褒《ほ》められたものじゃないですけど、正しい心を持てたなら

——その力はきっと皆さんのためになります」

陽菜の視線が凜香に向く。

「少なくとも私は、彼女なら更生できると、信じています」

そう締めくくると、陽菜は一つお辞儀をして、壇上から去っていった。

拍手はなかった。当然のように、歓声もない。

けれど、さっきまで体育館の中を渦巻いていた負の感情は、いつの間にかなくなっていった。

※

翌日、選挙の結果が発表された。

四人の候補者の中で、票は二人に集中した。一人はオケ部の部長、相沢庄司《あいざわしょうじ》。そしてもう一人は——古賀《こが》凜香。

相沢庄司　得票率56％

古賀凜香　得票率44％

「なんか、意外と凜香にも票入ったよね」

「なんでだろうね」

「私の応援演説のお陰じゃない？」

「それだけはないかなー」

なんでよー、と凛香《りんか》の腕を叩《たた》く陽菜《ひな》。

現実は甘くない。あれだけの失態を晒《さら》したのだ。選挙前にいた70％以上の支持層の内の多くは、庄司《しょうじ》に鞍替《くらが》えした。

しかし、四割以上の生徒は、未《いま》だ凛香を支持したままだった。

それはきっと彼女の言う通り、陽菜の応援演説が原因なのだろうと、凛香は思っている。

決して口には出さないけれど。癪《しゃく》だし、むかつくし、プライドが許さないし。

「残念だったね、生徒会長なれなくて」

「ま、仕方がないかな。副会長としてはスカウトされてるし、そこで頑張るつもり」

「え、スカウトされたの？　誰に？」

「庄司君」

「なんか、普通に器の大きさで負けてない？　正々堂々勝負しても負けてたんじゃない？」

「うるさい。それ以上何か言ったら口をもぐから」

「ええ、なにそれ痛そう……」

「へぇ、おねえさん副会長になるんだ。おめでとー」

甘ったるい声がした。自分のことをおねえさんと呼ぶ人間はこの学園で一人しかいない。

凛香が視線を下ろすと、ラヴィが立っていた。相変わらず天使のような純真無垢《じゅんしんむく》な顔つきをしている。

「あ、ラヴィ！　ようやく見つけた！　どこ行ってたの？」

「んー、散歩？」

「ぜったい嘘《うそ》、全然見つからなかったもん。ラヴィに言いたいことがたくさんあるんだからね？　生徒会選挙のとき――」

「待って」

さっそくラヴィに食って掛かろうとした陽菜を、凛香は片手で制止した。

凛香だって、ラヴィに聞きたいことは山ほどあった。

中でも、何よりも知りたいことは――

「あの写真、どうやって撮ったの？　部屋探したけど、あの画角で写真を撮るためには、窓の外に張り付かなきゃ無理なんだけど」

そしてそれは不可能だ。凛香の部屋は二階にあるし、周りに足場になりそうな場所もない。それこそ、空中浮遊でもできない限り、あの写真は撮れない。

「そんなの簡単だよ。僕のコウモリにカメラ持たせて、写真撮っただけ」

「……コウモリ？」

「そ、僕、吸血鬼だから。眷属《けんぞく》がいるのは当然でしょ？」

まともに話す気はないということか。あるいはコウモリは何かの隠語なのか……。答えは永遠に分からないだろう。だとしても、やはり不可解だ。

「その……コウモリ？　を遣わせたとして、どうして私をターゲットにしたの？」

凛香《りんか》とラヴィが出会ったのはつい最近、しかもほんの一言二言交わしただけの関係だ。なのにどうして、自分に後ろ暗いことがあると気づかれたのか。それが凛香にはどうしても分からなかった。

「なんだそんなことー？　簡単だよ」

ラヴィはほっそりとした人差し指で、宙をかき混ぜた。

「おねえさん言ったじゃん。僕のために、校内を案内してあげるって。僕、初対面の相手に『あなたのために』って言う人間、信用してないんだよねー」

なるほど、そういうことか。

ラヴィには見抜かれていたのだ。自分の偽善も、浅はかさも。

凛香は自嘲気味に笑うと、「これは精進が必要だなぁ」とつぶやいた。

「でも、おねえさんはすごいと思うよ。正直、あのままドロップアウトして、人生滅茶苦《めちゃく》茶《ちゃ》になっちゃうと思ったけど。よくここで持ちこたえたねー」

「人生滅茶苦茶って……すごいこと言うね、あんた」

「だって、楽しいじゃん。偽善者の人生を破壊するのって」

言ってることは過激極まりないのに、声音と見た目のせいで、どこまで本気で言っているのか分からない。ちぐはぐで、あやふや。スプラッタ映画のBGMにJポップが流れているような、強烈な違和感。

分からない。今の自分では到底手に負える相手ではなかった。

認めよう、今回は完敗だ。完膚なきまでに自分は叩《たた》きのめされた。

だけど、

「いつか絶対やり返してやるから、覚悟して待ってなさいよ」

「うん、また遊ぼうね。おねえさん」

生徒会室に向かって歩き出しながら、凛香は思わず苦笑した。

あれを遊びだと思っているのなら、この子はほんとに悪魔のような子だ。

「吸血鬼って悪魔なんだっけ」

今度絵馬《えま》に聞いてみよう。あの子はこういうことに明るいから。

そんなことを真面目に考えている自分がおかしくて、自然と笑みがこぼれた。

※

「ねぇラヴィ。もしかして、これが狙いだったの？」

凛香《りんか》の後ろ姿を見つめながら、陽菜《ひな》は問いかけた。

「凛香を更生して真っ当な道を進ませるために、あんなことをしたの？」

もしあのままラヴィの妨害がなければ、凛香は何の障害もなく生徒会長になっていただろう。みんなが彼女の正体を知らないまま、勘違いしたまま、凛香は中等部のトップに立っただろう。

それはきっと、凛香の求めていた結末なのだろうけれど……だけどそれは、普通じゃない。健全じゃない。

あの生徒会選挙は、凛香にとってとても辛《つら》い時間だったと思う。最後のほうは彼女にしては珍しく、感情が爆発しそうになっていたのが手に取るように分かった。

だけど今、憑《つ》き物《もの》が落ちたようにスッキリした表情をする凛香を見ると、彼女の本性が詳《つまび》らかに明かされたことはもしかしたら——今後の彼女の生徒会生活に必要なことだったのかもしれないと思った。

もちろん、ここから挽回《ばんかい》できるかどうかは、彼女次第だと思うけれど。

「なに言ってるの、おねえさん？」

「え？」

「慈善事業じゃないんだからさぁ、僕がそんなことするわけないじゃん」

ラヴィは大きな瞳を悪戯《いたずら》っぽく光らせて、生徒会選挙の結果を見た。

「最初に言ったでしょ？　面白いから、楽しいから、愉快だから。だから僕は、偽善者の正体を暴いてる」

ラヴィの瞳が、陽菜を捉える。

「おねえさんも見たでしょ？　正体を暴かれた瞬間のあの顔！　絶対にバレたくない、たくさんの生徒たちの前で偽善者の顔を引っぺがされたときの表情！　さいっこうだったでしょ？」

「私には分からないよ」

気圧《けお》されながらも陽菜は即答する。

胸の内で、名前のない感情がぐるぐると渦巻いていた。怒りとも悲しみとも違う、不思議な感情。ただ一つだけ言えることは……それは間違いなく、愉快な感情ではないということだった。

「今回はたまたま大丈夫だったけど、そんなことを続けてたら必ずダメになる人が出てくるよ」

凛香は心が強かった。だからこそ、ああして副会長の座をもぎ取れた。

だけど、これはたまたまだ。偶然だ。奇跡的だ。

普通ならば、凛香はこの学校からいなくなっていてもおかしくなかった。

そんなのはダメだ、正しくない、あってはいけない、普通じゃ、ない。

「誰かが傷つくことは、しちゃダメだよ。常識的に」

「ふふ。やっぱり面白いね、陽菜《ひな》おねえさんは」

ラヴィの顔が近づいてくる。

陽菜の体は、なぜかその場からぴくりとも動かなくなって、逃れることができない。

巨大な、何か強大な力を持った怪物が、目の前でだらりと涎《よだれ》を垂らして口を開けている。

そんな光景を――幻視した。

「じゃぁ、もっと、もっと見せてあげる。見せつけてあげる。僕が偽善者で遊ぶところを、たくさん、嫌になるくらい。それで、最後に判断してよ。僕がやってることが、本当に悪いことなのか」

そしてラヴィは、これまで見せた中で一番可愛《かわい》くて、そして危険な笑みを浮かべて、陽菜の耳元で囁《ささや》いた。

「だから、僕のことよく見ててね。陽菜おねえさん」

【2】

男の子ってよく分からないなと、陽菜は最近つくづく思う。

小学校低学年くらいまでは男子も女子も分け隔てなく一緒に遊んでいたけれど、いつの間にか見えない壁みたいなものができてしまった。話したり、遊んだりするにはその壁をちょっと頑張って超えなくちゃいけなくて——それが億劫《おっくう》で、めんどうで、だんだん疎遠になっていった。

謎のタイミングでテンションが上がったり、すごくくだらないことに全力になったり。そんな生き方を少し羨ましく思うこともあるけれど、それ以上によく分からない。よく分からなくて、ちょっと怖い。

だっていつのまにか、男子は体が大きくなってるし、声も太く、低くなってるし。あと、なにより——

「こら男子ぃ！　迷ったフリしてこっち来ようとするな！　バレバレだぞ！」

ちょっとばかし、エッチで馬鹿だ。

「はぁ、こういうとき、男子っていうのはほんっとに馬鹿だね。今日だけで三回目だよ、三回目。ちょっとは学習しろっての。なぁ？」

く座った。

ガラガラぴしゃんっ！　と扉を閉めると、保健医の東散渥美《ひがしばらあつみ》先生は手近な椅子に荒っぽ
教室の中では、女子生徒たちが集まって制服を脱ぐ準備をしていた。

今日は年に一回の健康診断の日だ。聖華《せいか》学園は中等部だけでも二千人を超える生徒が在籍するマンモス校。そのため、健康診断も一日がかりで一斉に行われるのだ。

身体測定、視力検査、聴覚検査、血液検査……様々な検査が教室ごとに振り分けられていて、生徒たちは順番に教室を巡っていく。

当然男女は分けられているのだが……毎度のごとく、一部の男子は女子エリアに侵入しようとする。何度東散先生が追い返しても別の男子がやってくるし、追い返されたら追い返されたで高らかに笑いながら去っていくし……謎だ。そういう妖怪？

「あいつらは見つかるかどうかのスリルを楽しんでるからねぇ。本当に忍び込めるとは思ってないさ。ちょっとしたアトラクション感覚ってところかな。はいそこ喋《しゃべ》ってないでどんどん進めー。日が暮れるぞー」

東散先生は陽菜《ひな》たちと話しながら、器用に健康診断の列を捌《さば》いていた。

東散渥美。今年度から赴任してきた女性の保健医だ。竹を割ったような性格で、男女問わずびしっと物を言える性格からか、女子エリアの門番的な役割を担っている。

その人選が功を奏したのか、男子たちの侵入は一度たりとも成功していなかった。もっ

とも東散先生の言う通り、本気で忍び込めるとは彼らも思っていないのかもしれないけれど。

「ガキだねぇ、ほんと」

凛香《りんか》がイライラと窓枠を指で叩《たた》く音が、メトロノームみたいに響いている。

あの生徒会選挙以降、凛香は少し口調が荒々しくなった。素の自分で話しているのだと、陽菜は思っている。

「男のロマンってやつだろ。男性向けラブコメには必ずと言っていいくらいそういうシーンがあるからな。男子にとって女子の下着姿は聖域であり、アルカディアなのさ。アルカディア……うん……それは遥《はる》かなる楽園……ユートピア……」

「また変な世界入りかけてる。ほら次、絵馬《えま》の番だよ」

そんな凛香と陽菜、そして絵馬は、以前と変わらない付き合いを続けていた。

生徒会選挙のことを聞くと、絵馬は「あぁ、なんか盛り上がってたな。学園物で生徒会が絡む話は大概アンケートが取れるからな。お約束ってやつだ」とのことだった。何を言っているのかさっぱり分からなかったが、凛香のことを気にしていないということだけは伝わった。

凛香は無事に副会長になり、お得意の情報網を駆使して敏腕を振るっているらしい。前よりもとっつきにくい性格になって敵も増えたが、当の本人はまったく気にしていないようだ。

とにもかくにも、あれだけ劇的な一日だったにもかかわらず、陽菜《ひな》たちを取り巻く日常はそこまで大きな変化もなく、のんびりと過ぎている。

「やっぱりいないんだよねー」

身体測定の順番を待ちながら、凜香《りんか》が言う。「誰が？」と陽菜が問うと、周囲をキョロキョロと見回しながら一言「ラヴィ」とつぶやいた。

陽菜が意外そうな顔をしたからだろうか。凜香は慌てたように付け加える。

「いや、違うよ？　別にあいつのこと許したわけじゃないから。普通に今でも生徒会選挙の日のことは思い出しただけでもムカつくし、はらわたが煮えくり返るし。ただ……」

両腕を組んで、凜香は考え込んだ。

「あの子の名前、生徒名簿に載ってなかったんだよ」

「生徒名簿？　そんなのどうやって見つけたの？」

「生徒会のイベントで使いたいって言ったら普通に貸してくれたー」

「使うの？」

「使わないけど？」

「うわぁ……」

とんでもない職権乱用だった。こういうことを悪びれずにできるのが凜香らしい。

陽菜の視線を気にすることなく、凛香は飄々《ひょうひょう》と推理を続けた。

「考えられる可能性は二つ。一つは、あのラヴィって子が本名を名乗ってない可能性」

「あー、あり得そう」

ラヴィの言うことは、なにもかもデタラメだった。生徒会選挙後に凛香と話したときも、自分は吸血鬼だとか言っていたし……。

「もう一つは、あの子はこの学校の生徒じゃなくて、ただ忍び込んでるだけの悪ガキって可能性」

「うーん……」

それもまた、あり得そうな話だった。ラヴィは入学して一か月にしては、学園のことを知らなさすぎた。何か事情があって通学していないのかと思ったが、そもそもこの学園の生徒でないのならば、納得もできる。

「でもさ、あの子この学園の制服着てたよね。もし学外の子なんだとしたら、どうやって手に入れたんだろ？」

「そんなの、いくらでもルートはあるでしょ。姉妹がこの学園に通ってたのかもしれないし、どこかから盗んだのかもしれない。フリマで買ったって可能性もあるよね」

そういえば昔、この学園の制服がフリマアプリで売られていると話題になったことがある。可愛《かわい》い制服だから、需要があるらしい。そのときは学園側からの抗議で出品されていたものはすべて取り下げられたが……流出していた制服があることは間違いない。

「ま、今の段階ではどっちが真実なのかは分からないけどね。時間見つけて、地道に調べてみるつもり」

「先生とかに聞いてみたら？　何か分かるかもよ」

「やだよそんなの、つまんないじゃん」

「つ、つまんないかな？」

「それに、先生になんて説明したらいいか分かんないし。今のところ、あの子の本当の学年も知らないし、写真だって手元にないしね」

言われてみればその通りだった。

よくよく考えてみれば、自分たちはラヴィのことを何も知らないのだ。

何せあの子は神出鬼没だ。いつのまにか近くに現れたかと思えば、あっという間に姿を消し、自分から会おうとしても出会えない。

ラヴィ――まるで都市伝説みたいな存在だ。

と、そのとき、廊下の向こう側から男子たちの叫び声が聞こえた。奇妙な叫び声だった。歓喜の声と、驚きの悲鳴、それから戸惑いの声が3：1：1くらいで混ざり合った、複雑な声。

やがて、東散《ひがしばら》先生の「こら、君はこっちじゃないだろ！」という叱り声と共に、その原因となった人物が現れた。

光を反射して燦然《さんぜん》と輝くピンク色の髪。

キラキラしたビードロみたいな艶《つや》やかな目。

美しく整った人形みたいな女の子。

「ラヴィ！」

思わず声をあげると、ラヴィの首根っこをつかんだ東散先生が、引き取り手が見つかったとばかりに嬉《うれ》しそうに言った。

「なんだ君らの知り合いか？　この子、男子生徒の部屋に紛れ込んでたんだよ。へイ。あそこは、男子の場所、おっけー？」

ラヴィの見た目から、外国人だと思ったのだろうか。先生は一音一音区切って丁寧に言った。すると――

「知ってるよ？」

「日本語分かるんかい！　じゃぁこの貼り紙も読めるだろ、君はこっち！　そんな綺麗《きれい》な見た目で男子の中に紛れないでくれ。教育に悪い」

そう言って先生は、陽菜《ひな》たちに向かってラヴィの体をほうり投げた。

「君たち、その子の知り合いなら、一緒に健康診断を回ってあげてくれ。先輩としてしっかり頼むよ」

そして先生はそのまま奥に消えて行った。ほどなくして、先生と入れ替わるように絵馬《えま》が仕切りのカーテンを開けて帰ってくる。

「なんか騒がしいな。私がいない間になにかあったのか――」

瞬間、

「国民的美少女コンテスト優勝者⁉」

ラヴィを見つけ、謎の言葉を発して絵馬の体が硬直した。

そういえば最初に会ったときも、コスプレがどうとか言ってたっけ。絵馬が美少年と美少女に目がないことを、長年の付き合いである陽菜《ひな》は知っていた。

ガチガチに固まってしまった絵馬には一切触れず、凛香《りんか》がラヴィに問いかける。

「あんた、なんで男子エリアに入ったの？　バカなの？　それとも痴女？」

「あはっ、おねえさん、なんか雰囲気変わったねー。キャラ変？」

「あんたのせいでしょうが……」

凛香の額に青筋が立ったのが見えた気がして、陽菜は慌てて二人の間に割って入った。

「ま、まぁまぁ二人とも。他の人の目もあるし、あんまり興奮しないほうが……」

「ていうか、あんたってこっちの質問に全然答えないよね。この前だって、自分のこと吸血鬼だなんだとか言ってはぐらかしたし。ミステリアスなのがカッコいいと思ってる痛めなお年頃？」

聞いてないなぁ……。

「国民的美少女吸血鬼属性!?」

こっちはこっちでうるさいなぁ……。

「はぐらかしてなんてないよ。僕は本当のことしか言ってないし」

「国民的美少女一人称僕っ子吸血鬼!?」

「……ちょっと陽菜《ひな》ちゃん。絵馬《えま》ちゃんのこと静かにできないの？」

「あはは……それができたら苦労しないかなぁ、みたいな……」

そろそろ周囲の目線も痛くなってきたところだ。ここは早めにラヴィの健康診断を終わらせて、外に連れ出してしまおう。そう考えた陽菜は、小柄なラヴィに目線を合わせた。

「ラヴィ、先に健康診断済ましちゃお？　先生に言って、特別に順番先に回してもらうから、ね？」

「んー」

ラヴィはニマニマと笑って、「僕は遠慮しとこうかなぁ」と答えた。そしてそのまま教室の入り口のほうへと歩を進める。

「ち、ちょっとラヴィ、どこ行くの？」

まさか、また男子エリアに行くつもりだろうか。

そうなったら大変だと、慌てて後を追いかけた陽菜を制するように、ラヴィは言う。

「ダメだよ、陽菜おねえさん。だって」

「だって僕、男の子だもん」

「国民的美少女吸血鬼一人称僕っ子男の娘!? 合法!?」

絵馬は奇声を発して気絶した。

※

「あっはっは! それで気絶したのか、この子! 面白すぎるだろ!」

「あはは、変わってますよねぇ……」

豪快に笑う東散《ひがしばら》先生に、陽菜は力なく笑って答えた。

気絶した絵馬を保健室まで運んでくれたのは東散先生だった。陽菜が肩を入れてもちょっとしか持ち上がらなかった絵馬の体を、いとも簡単にひょいっと持ち上げたときは不覚にもちょっとときめいてしまった。

なにせ凛香《りんか》は「私の番回ってきたから、頑張って」と健康診断に行ってしまったし、ラヴィに至っては一緒については来るものの「僕、ワイングラスより重いもの持ちたくないんだよねぇ」と謎のこだわりを見せるしで、二人ともろくに頼りにならなかったのだ。

改めて、東散《ひがしばら》先生にお礼を言う。

「先生、ありがとうございました。一人じゃどうしようもなかったので……」

「なに、当然のことをしたまでだよ。先生は大人だからね。なんでも頼りなさい」

か、かっこいい……！　東散先生が男女問わず人気があることは知っていたけれど、その理由の一端を垣間見《かいまみ》た気がした。

流れるような黒髪はいつだってシャンプーのCMみたいにきらめいているし、小顔で鼻筋はすっと通っていて美人だし、サバっとした性格でなんでも相談したくなるような包容力を兼ね備えている。現に学園生活で悩みを抱えた生徒の多くが、東散先生に個人的に相談していると聞く。

「どうだい君たち、学園生活は順調かな？　そっちの三年生の……」

「あ、陽菜《ひな》です。周藤《しゅうとう》陽菜」

「周藤くんか。すまないね、名前を把握しきれていなくて。生徒の数が多いのは喜ばしいが、覚えるのは一苦労だね」

二千人を超える生徒全員の顔と名前を一致させるのは、現実的に難しいだろう。授業のたびに名簿と首っ引きになっている先生も多い。生徒全員と関わる機会が少なく、赴任したばかりの東散先生は尚更《なおさら》だろう。

「周藤くんはどうだい。三年生にもなれば、色々悩みも増えてきたんじゃないか？　進学、進路、友人関係、あとはそうだな、恋の悩みとか」

「うーん」

少し考えてみたけれど、特に思い当たる節はなかった。もしかしたら、自分は結構能天気な性格なのかもしれない。「特に」と言いかけたそのとき、ラヴィの姿が視界に入った。気絶して寝入っている絵馬《えま》の顔を覗《のぞ》き込みながら、にょによと笑っている。

強いていうなら、この子のことが悩みの種ではあるかもしれない。

弧実《こみ》先生の悪事を写真でばらまいたり、生徒会選挙を引っ掻《か》き回したり、やることなすことめちゃくちゃな一年生。神出鬼没で、自分のことを吸血鬼と言ったり、男の子と言ったり、嘘《うそ》八百でその正体につかみどころがない。

そんなラヴィに自分はなぜかよく遭遇し、絡まれる。

悩みといえば悩みだろう。けれど、具体的にどう相談すればいいのかと考えると難しい。ラヴィは陽菜に危害を加えたわけではない。害意もなければ敵意もない。ただ陽菜の前に現れて、偽善者を制裁する。その様を見せつける。

自分はそれを、どう思っているのだろうか。

「周藤くん？」

「あ、す、すみません！　ちょっと考え込んじゃって」

「ふむ、考え込むということは、悩み事があるということだね。それはいけない」

「へ？　いや、そういうわけじゃ――」

「隠さなくていいじゃん、陽菜《ひな》おねえさん」

さっきまで珍しく黙っていたラヴィが口を挟んだ。

「僕知ってるよ？　陽菜おねえさん、本当は悩んでることあるんだよね？」

「ほう、そうなのか」

「うん、だって僕は陽菜おねえさんの友達だもん」

ね？　と笑顔を向けるラヴィ。あいかわらず殺人的に可愛《かわい》いが、もう騙《だま》されない。こういうときのラヴィは、大抵何かろくでもないことを企《たくら》んでいるのだ。

「あのね、ラヴィ。私は……」

「周藤《しゅうとう》くん」

がしっと両肩をつかまれて、陽菜は思わずラヴィへの抗議の言葉を途中で止めてしまった。

東散《ひがしばら》先生の端正な顔立ちが近くにあって、意味もなく息を止めてしまう。

「私は君たち学生にとっては少し遠い存在かもしれない。心身ともに健康であれば、三年間私と出会う機会がない子もいる。そうあるべきだと思うし、そうあって欲しいと願っている。だけど」

一言一言区切るように、東散先生は真摯な目で私に語りかけた。

「だけどもし、少しでも悩みがあるのなら、話して欲しい。力にならせて欲しいんだ。植物の種がたとえ小さくとも大きく根深く育つように、悩みもまた、小さいうちに摘んでおかなくては取り返しのつかないことになる場合もあるんだ」

他者を思いやる心と、それを救いたいと願う信念。切実な声音とまっすぐな目が、陽菜の心にずんと響いた。

気づけば陽菜は、

「じゃぁ……よろしくお願いします」

そう答えてしまっていた。

その後、絵馬《えま》のことを東散先生にお願いし、教室へ戻る道すがら、陽菜はひたすらに首を傾《かし》げていた。どうしてこんなことになってしまったんだろう？

「さすが陽菜おねえさん。僕のアシストパスを見事に拾ってくれたね。ナイスシュート」

「全然ナイスシュートじゃないよ。なんであんな嘘《うそ》ついたの？　どうしよう、明日、先生と会う約束までしちゃったし……。私、悩み事なんてなんにもないよ？」

「いいじゃん、そんなの適当に嘘ついとけば」

「ダメだよそんなの！」

先生は真摯に向き合おうとしてくれてるのだ。嘘をつくなんて、あまりにも失礼すぎる。

そんな極めて常識的な意見を陽菜《ひな》は言おうと思ったのだけど。

「いいんだってば。だってあの人」

ラヴィは相変わらず飄々《ひょうひょう》と、そして小悪魔のような表情で言うのだった。

「偽善者だもん」

※

いつも消毒液や湿布薬のにおいが漂っている保健室が、まるで上品な喫茶店みたいに思えた。

翌日の放課後、言われた通りに保健室に行くと、紅茶の香りが陽菜を出迎えた。

「よく来てくれたね、周藤《しゅうとう》くん。適当にかけてくれ。今お茶を用意しているから」

東散《ひがしばら》先生は手慣れた調子でティーカップを用意し、琥珀色《こはくいろ》の液体をとろとろと注いだ。

「お待たせ。味はイングリッシュブレックファースト。私のおすすめはストレートだけど、砂糖やミルクは必要かな？」

「あ、そのままで大丈夫です。なんか、すごいですね。保健室じゃないみたい」

「そう思ってもらえたなら何よりだ。私はね、生徒から相談事を聞くときは、できるだけ学校を忘れてもらいたいと思ってるんだ」

「学校を？」

「身近な場所ではどうしたって本音は出ないものさ。特に生徒の多くが抱えてる悩みは学校に関するものだからね。匂い、味、雰囲気、少しでも学校を忘れ、非日常を感じることで、悩みを吐露しやすくなるかと思ってね」

「なるほど」

そんな狙いがあったのか。きっとこれまで相談に来た生徒みんなに、こうして紅茶を振る舞ってきたのだろう。手慣れているのも納得だった。

「さて、それでは君の話を聞こうか。どんな悩みを抱えているんだい？」

「あの、そのことなんですけど」

陽菜は少し迷った末に、やはり本当のことを打ち明けるべきだと思い、言った。

「実は私、これといって悩みはなくて……昨日はその、ラヴィの——友達の言葉に流されちゃったと言いますか……だからその……」

思い切り頭を下げて謝罪する。

「ごめんなさい！」

しばらく返事はなかった。

かちゃかちゃと、ティーカップとソーサーが擦《こす》れ合う音だけが響いている。

やがて、

「あぁ、おいしい。君も飲んでみたらどうだい。心が落ち着くよ」

「え、と？」

「それとも、紅茶は嫌いかい？」

「い、いえ、いただきます」

慌てて顔をあげて、ティーカップを引っつかむ。口に運ぶと、ふくよかな茶葉の香りが鼻を抜けていった。

「おいしい……」

「そうだろう、そうだろう」

満足気な東散《ひがしばら》先生を見て、陽菜《ひな》はふと母親の言葉を思い出した。自分の料理をおいしそうに食べてもらうことが、何より嬉《うれ》しいのよ——もしかしたら、先生も同じ気持ちなのかもしれない。

「さて、さっき君は悩みがないと言ったがね」

「は、はい。本当にその、申し訳ないと言いますか……」

「そんな人はいないよ」

え？　と陽菜が目をぱちくりさせると、東散先生はティーカップをゆったりと傾けて続けた。

「悩みがない人なんていないんだよ。悩みがないという人は、ただ自分の悩みに気づいていないだけさ。そして私は、そちらのほうが重症だと思ってる」

「気づいてないだけ、ですか」

「来てくれてありがとう、周藤《しゅうとう》くん。ゆっくりでいい。一緒に見つけようじゃないか。君の心の奥に秘められた、悩みってやつをさ」

それから、陽菜は毎日保健室に足を運んだ。

東散先生はいつも紅茶を沸かして待ってくれていて、陽菜はそれが嬉しかった。

温かい紅茶を飲みながら東散先生と話していると、自然と心がリラックスしていく。最初は緊張していた陽菜も、今では家で寛《くつろ》いでいるような笑顔をこぼすようになっていた。

東散先生は無理に陽菜の悩みを引き出そうとはしなかった。ただ普通に雑談をして、取り留めのない話を小一時間ばかりするだけで、相談ともカウンセリングとも違う、不思議な時間が流れていた。

一週間もすれば、陽菜は自然と放課後に保健室に向かうようになった。今日はどんな話をしようかと、ウキウキしながら荷物をまとめる。

「どう？　そろそろあいつの正体が分かってきた？」

「びっっっ……くりしたぁ……」

心臓が飛び出すかと思った。

いつの間にか、ラヴィが窓辺に腰掛けていた。

もう教室には誰も残っていなかったはずなのに……本当に神出鬼没だなぁ、この子は。

陽菜《ひな》は呼吸を整えて、答える。

「あいつって、東散《ひがしばら》先生のこと？」

「他に誰がいるのさ。言ったでしょ、あいつは偽善者だって」

「あのね、ラヴィ。そういうこと、あんまり軽々しく口にしないほうがいいよ？　偽善者だなんて、言われた人はいい気がしないだろうし……」

「本当のことなのに？」

「ラヴィの勘違いってこともあるでしょ？　少なくとも東散先生は偽善者なんかじゃないよ」

「ふぅん」

ラヴィの瞳が楽しげに揺れる。

「陽菜おねえさんは、どうしてそー思うの？」

「だって、悩みなんてない私のために毎日時間を割いてくれてるし。毎日おいしい紅茶も淹《い》れてくれるし、それに話すと分かるよ。すごくいい人なの」

「もしその善意の裏に、醜い欲望が隠れてるとしたら？」

「そんなのないよ」

悩みを聞く。悩みを探そうとする。

そのことで先生に得られるメリットなんて、陽菜にはなにも思いつかなかった。

「もう行くね。先生待たせちゃうから」

「はぁい、いってらっしゃーい」

ラヴィは特に何も反論しなかった。

ただイタズラっぽく口角を上げながら、ひらひらと手を振っている。

教室を出る間際、

「またあとでね、陽菜おねえさん」

そんな言葉が、校内の喧騒《けんそう》に紛れて聞こえた気がした。


「なるほど。そのラヴィって子は随分君に懐いてるんだね」

「そうなんです。嫌な気はしないんですけど、たまに変なことを言うから困っちゃって」

「変なことというのは？」

「んー、自分は吸血鬼だーとか、実は男の子なんだーとか」

「はは！　それは面白い。多感な時期なんだろうねぇ」

待ち合わせの時間に遅れた陽菜は、その理由を説明するためにラヴィの名前を出した。

そこから話が膨らんで、彼女の話になったのだった。

ラヴィが行った偽善者への制裁については話さなかった。その話をすると、自然と先生を偽善者呼ばわりしてることまで話してしまいそうな気がしたから。

「彼女とは長い付き合いなのかい？」

「いや、それが最近知り合ったばっかりで。そのときのラヴィ、壁に落書きしてたんですよ。だから私言ったんです。『そういうの良くないと思うよ、常識的に』って。そしたら」

「そしたら？」

「常識ってそんなに重要？　って言ったんです。そんな返しされると思わなくて、しばらく言葉を失っちゃいました」

「面白いねぇラヴィくんは。実に面白い」

ずずっと紅茶を飲む。そんな陽菜《ひな》を、東散《ひがしばら》先生は面白そうに見つめて言った。

「面白いっていうか、変なんですよ。しかも周りを巻き込むタイプの変人です」

「でも君は、そんな彼女のことを気に入ってるみたいだね」

「ぶっ！」

思わず紅茶を噴き出してしまい、陽菜は慌てて机の上をティッシュで拭いた。

「き、気に入ってなんかないですよ！　むしろ私が気に入られてる側っていうか……」

「そうかい？　それにしては彼女について語るとき、随分と楽しそうだったよ」

「た、楽しそう？　私がですか？」

「あぁ。困ってるけど、それ以上に楽しくて仕方がないって顔だった。口角だってこーんなに上がって」

「ひゃ、ひゃめてふらはひ」

東散先生の両手の人差し指が、陽菜の頬《ほお》をぐいっと上げた。そしてそのまま話し続ける。

「そうか、自覚がないんだね。なるほど、それはとても、重要なことだ。君の核に触れる重要な人間は、もしかしたらラヴィくんなのかもしれないいね」

「へんへ……？」

先生の手のひらが、陽菜の頬を包む。

「目をつぶって」

言われるがままに目をつむった。暗闇の中、紅茶の香りと、東散先生の香りが鼻腔《びこう》を満たす。

「ゆっくり深呼吸して。そう、上手だ。そして仮定してみよう。君は、本当は彼女に惹《ひ》かれている」

「はい……」

頭がぼうっとする。シャンプーなのか、香水なのか。甘い良い香りが肺を満たして、脳髄をビリビリと痺《しび》れさせる。

「彼女のどこが好ましい。彼女の何が好きだ。彼女のどこに、憧れを抱いた」

「憧れ……？」

何かを答えている気がする。自分の口は動いていて、言葉を形作っているのだけれど、その内容を脳が認識できずにいる。不思議な感覚だった。まるで、夢の中にいるような。

「その奥に、君の真の悩みがある。言ってご覧。怖がらずに、ゆっくり、丁寧に、口にするんだ」

「私、は」

心の奥底で、言語化できない何かがぐずぐずと燻《くすぶ》っている。

暗闇の中、たしかに存在するそれに手を伸ばす。

つかみ、引き上げ、その形を確かめようとして――

「私の悩みは――」

そこで陽菜《ひな》の意識はぷつんと途切れた。

※

陽菜が目を開けると、そこは暗闇だった。

目を開けているはずなのに、いつまでたってもなにも見えない。しばらくして、目隠しされているのだと分かった。

次に両手足の自由がきかないことに気づく。両手は後ろ手に回され、何かで縛られているようだ。冷たい床に座らされ、両足首も縄で固定されている。

なにこれ、どうなってるの……？

状況を理解しようと必死に頭を整理していると、隣からすすり泣く声が聞こえた。

「ひく……えぐっ……」

「あの……誰かいるんですか？」

「ひっ」

怯《おび》えたような短い悲鳴。声の質的に、自分と同じくらいの歳《とし》の女の子だろうか。

「私、周藤《しゅうとう》陽菜っていいます。聖華《せいか》学園の中学三年生で、気づいたらこんな状況だったんですけど……何か知りませんか？」

仮に隣の子が自分と同じ状況なのであれば、何も見えず、身動きも取れない状態だ。まずは自分が敵ではなく、同じ状況にいる被害者なのだと伝えることが大切だと、陽菜は判断した。

「陽菜先輩？」

「え？　私のこと知ってるんですか？」

「はい、あの、生徒会選挙で」

あぁ、と陽菜は納得した。

それまで一切名前が知られていなかった陽菜だが、生徒会選挙のあの応援演説がきっかけとなり、少しばかり有名になったらしい。

廊下ですれ違う生徒や、部活の後輩に「かっこよかったです！」と声をかけられることもしばしばあった。陽菜《ひな》としてはかなり不恰好《ぶかっこう》な応援演説だったと思っていたので、小っ恥ずかしいのだが……。

「良かったじゃん、陽菜おねえさん。有名人になれて」

次に聞こえてきた声には聞き覚えがあった。というか、自分のことを「おねえさん」なんて呼ぶ人物に一人しか心当たりがない。

「ラヴィ！」

「やっほーおねえさん。なんか僕たち、誘拐されちゃったみたいだねー」

「されちゃったみたいだねって、そんな呑気《のんき》な……。そもそもこれってどういう状況？　ラヴィはなにか知ってるの？」

「そんなに一気に聞かれても答えられないよ。それに——もうお喋《しゃべ》りする時間はなさそうだしね」

ラヴィが言い終わるや否や、扉が開く音がした。次いで、部屋のライトがつけられたことが目隠し越しにも分かった。

足音からして一人だろうか。

部屋に入ってきた人物は何も言わず、そのまま扉を閉めた。かちゃりというカギをかけただけの音が、いやに威圧的に聞こえた。

陽菜たちが声を発せられずにいる間にも、部屋にいる誰かは無言で作業を進めていく。持っていた荷物を下ろし、何かの道具を取り出し、それを組み立てる音だけが、部屋の中に響いている。

この人が自分たちを誘拐した犯人なのだろうか。

もし犯人が一人なら、自分たちはどうやってここに運ばれた？

誘拐の対象としてこの三人が選ばれた理由は？

そもそも、一体なんのために誘拐を？

次々と疑問が浮かんできて、けれどどれ一つとして解決されないまま、頭の中に溜《た》まっていく。

ひとまず今は耳から入ってくる音の情報を頼りに、現状を把握するしかない。

そう陽菜が結論付けたとき、

「あ、あの！」

陽菜の隣に座っていた少女が声をあげた。

「あ、あなたは誰ですか？　どうして私たちを誘拐して……あっ、その、家に！　家に帰してください！　お願いです！」

沈黙と恐怖に耐えかねたのだろう、言っていることが支離滅裂だった。

声は震えて裏返り、聞き取るのも難しいくらいだ。

「それが無理なら、せ、せめて目隠しを取ってもらえませんか。暗くて、怖くて……手と足も、縛られてるところがすごくきつくて……あの、せめて親に連絡を――」

カシャッ！

瞬間、目隠し越しにも分かるほどの光が発せられ、同時に小気味よい機械音が鋭く響いた。これは――シャッター音？

「な、なんですか、これ？」

少女の声に、謎の人物は答えない。ただ無言で、シャッターを切り続けた。

断続的に響くシャッター音と、明滅するフラッシュの光を浴び続けていると、だんだんと息苦しさを覚えてくる。体を傷つけられたわけでもないのに自然と体が縮こまり、呼吸が浅く、速くなる。

「なんで写真撮ってるんですか？」「こんなことして何が楽しいんですか！」「もうやめてください、お願いします！」「家に帰してください！」「怖いよぉ、ママぁ！」

シャッターが切られるたびに少女の声は悲痛さを増し、最後には泣きじゃくりながら懇願していた。

陽菜《ひな》は思う。

十中八九、この子は後輩だ。中学一年生か、あるいは二年か……どちらにせよ、自分のほうが年上であることには変わりない。

陽菜自身、恐怖がないと言えば嘘《うそ》になる。こんな経験は初めてだし、気を抜けば体が震え出してしまいそうだ。

だけど、今。自分よりも年下で、怯《おび》えている子がいるのなら、

「大丈夫だよ」

この子を励ますことが、先輩としての使命だと思う。

陽菜は声のするほうへと体を寄せて、こつんと頭をぶつけた。

「私が横についてるから、ね?」

「先輩……」

「ね、あなたの名前を聞かせて? 私だけにこっそり、耳打ちして?」

戸惑いながらも、少女の口が耳元に近づくのが分かった。

しゃっくり交じりの声で、必死に唇を震わせて少女は言う。

「こ、こは、小春《こはる》です……日向《ひむかい》小春って、いいます」

「小春ちゃんだね。うん、大丈夫。小春ちゃんは一人じゃないよ、私がついてる。ここから脱出したら、一緒においしいものでも食べに行こ? 私、小春ちゃんとたくさんお喋《しゃべ》りしたいな」

小さい頃、ホラー映画を見て怖くて泣いてしまったことがある。そんなときは、母親が

頭を撫《な》でながら何度も何度も名前を呼んでくれた。「陽菜《ひな》ちゃん大丈夫、大丈夫よー。陽菜ちゃんにはママがついてるからね」ただそれだけで、とても安心して、嘘《うそ》みたいにぴたっと涙が止まったのだ。母親みたいにうまくできるかは分からないけれど、同じような安心感を与えられればいいと、陽菜は思った。

小春《こはる》の震えが、少しずつ収まっていく。呼吸の速度も、次第に穏やかに深くなっていく。やがて小春は少し笑みを浮かべたような声音で、

「わ、私も先輩と一緒に――」

カシャッ！

無機質なシャッター音が、切り裂くように耳朶《じだ》を打った。

小春の体がすくむのが、手に取るように分かった。

「やめてください！」

せっかく小春ちゃんが安心しかけてたのに！

冷たい水をかけられたみたいに身をすくめた小春を庇《かば》いながら、陽菜は叫んだ。

「こんなことしたらヤバいんじゃないですか？　私たちが警察に駆け込んで、あなたのことを通報したら、ただじゃ済まないですよ！」

「……ふっ」

初めて、犯人の声が聞こえた。男性だ。

陽菜の言葉を嘲笑するような笑い声。

この人は私たちを馬鹿にしてるんだ。何もできない様子を写真に撮って、見下して、あざ笑っているんだ。だったら逆にその心理を利用すれば――なにか引き出せるかもしれない。

陽菜は勇気を振り絞って矢継ぎ早に言う。

「なにがおかしいんですか。さっきからずっと黙ってますけど、それって私たちと喋《しゃべ》るのが怖いからじゃないですか？　どうせ小さい頃に女子にいじめられた腹いせにこんなことしてるんでしょう？　なんかこう……復讐《ふくしゅう》、みたいな。大人になってからこじらせたコンプレックスを発散させるために、女子中学生を誘拐してる、みたいな！」

どこかのドラマで見たことがあるような設定を引っ張り出し、とにかく煽《あお》る。

犯人を刺激するのは危険かもしれないけれど、なにも喋らない犯人相手じゃ埒《らち》が明かない。なんとか情報を引き出したい一心で、陽菜は口を動かし続けた。

「あーあ、なっさけない！　いい大人が抵抗できない女の子相手に写真撮影とかほんと気持ち悪い！　自分の父親がこんなことする人じゃなくてほんっとによかった！　この変態！　弱虫！　いくじなし！　えーっと……い、陰キャ？」

自分の悪口のレパートリーの少なさに辟易《へきえき》とする。もっと本とか読んどけばよかった。

しかし、陽菜の言葉のどれかが刺さったのだろうか。雨あられと飛び交っていたシャッター音がぴたりと止《や》んでいた。

「……これも芸術のため、これも芸術のため、これも芸術のため……」

そして何かをブツブツとつぶやきながら、近づいてくる。

陽菜《ひな》は小春《こはる》を庇《かば》うように前に体を突き出した。

しかし――

「ラヴィ……周藤《しゅうとう》陽菜……いや、日向《ひむかい》小春のほうが効果的だろうな」

男は陽菜を通り越して小春に近づき、何かを耳打ちした。

コソコソと、陽菜には聞こえないくらいの小さい声で。

瞬間、小春の体が小刻みに震え始める。

「な、なんで、それを……？」

「この秘密をバラされたくなかったら大人しくしとけ。警察にも言うな」

「うそ、なんで……私それ、誰にも言ってないはずなのに！　なんで知ってるんですか！」

「さぁなんでだろうな。お前たちが思ってる以上に、俺はお前たちのことをよく知ってる。そういうことだ」

小春の怯《おび》え方は尋常ではなかった。カタカタと歯がかち合う音が聞こえてくるし、ずっと「なんで、いや」と同じ言葉を繰り返している。

「あとの二人も同じだ。俺はお前たちの絶対にバラされたくない秘密を握ってる。分かったら黙ってそこに座っていろ、いいな」

私も……？

陽菜は自問する。絶対にバラされたくない秘密。そんなものが自分にあっただろうか？

少なくとも、すぐには思いつかない。

かといって、この男が嘘《うそ》をついているようにも思えなかった。この自信、この手際、間違いなく何度も同じことを繰り返しているはずだ。だとしたら気になるのは——

「いやだ……おうち帰りたいよぉ……」

小春のすすり泣く声が、陽菜を現実に引き戻した。

優先順位をつけなくてはいけない。

情報を引き出すことには失敗した。自分たちの秘密を握られているということは分かったけれど、それだけでは状況は改善しない。

推理とか犯人の正体を探るとか、そんなのは二の次だ。

今大事なのは、いかにしてこの場から逃げ出すか、どうやって小春を無事に安全なところまで連れ出すかだ。

しかし、自分たちは拘束されていて、目隠しまでされている。全員が脱出するのは、かなり厳しい状況だが……。

そこまで考えたとき、

「あーあ」

　これまで黙っていたラヴィが、おもむろに口を開いた。

「センスないなぁ」

「あ？」

「センスないよ。ないない、ぜーんぜんない。がっかりしちゃった」

　場の空気が一変する。おそらくこの場にいるラヴィ以外の全員が硬直した瞬間だっただろう。犯人の男ですらも、自分が何を言われているのか把握するのに時間がかかっているようだった。

　陽菜《ひな》は捕まってることに気づいたときよりも、自分が犯人を煽《あお》っていたときよりも、心臓がバクバクと脈打つのを感じた。

「……口の利き方に気を付けろ。秘密をバラされたくなかったらな」

「そーゆーのもセンスないよ。脅すだけとか、ありきたりっていうかさぁ」

　尚《なお》もラヴィは続ける。

　相手を小馬鹿にするワードチョイスが止まらない。

「おにいさん、写真撮ってるんでしょ？　結構いいカメラ使ってるっぽいけど、宝の持ち腐れじゃない？　どうせろくな信念持って撮影してないでしょ」

　次の瞬間。

荒々しい足音が聞こえたかと思うと、次の瞬間には壁際に何かを叩《たた》きつけるような音がした。男がラヴィの襟首をつかんで壁に押し付けている。そんな光景が脳裏に浮かんだ。

「口の利き方には気を付けろと言ったはずだ！　俺の写真はなぁ、芸術なんだよ！　何年も何年も、信念持って撮影してんだよ！　素人は黙ってろよ！」

「へー、じゃぁ教えてよ。どんなテーマで撮影してるわけ？」

「素人に話したって意味ないだろ！」

「あー、出た出た。素人と玄人を線引きしちゃってる自称カメラマンさん。あのさぁ、写真っていうのはプロだけが見るもんじゃないでしょ？　素人にも分かるように説明できなくて何が信念だよ。鼻で笑っちゃうよね。それともなに？　自分のスキルを高尚なものだとでも思ってるわけ？　捨てちまいなよ、そんなゴミみたいなプライド」

「ぐっ……」

数瞬、間が空いた。

ラヴィの煽りが効いたのか、それとも指摘が的を射ていたのか。

男はひとまず怒りを飲み込んだようだった。

そして男は、

「……いいだろう、教えてやる」

そう言って説明を始めた。

「俺の写真のテーマはずばり『境界』！　物事や領域の境目を表す単語で汎用的なテーマだが、俺は中学生をモチーフとして撮影している！　理由は二つ！　一つは成長途中で、まさに大人と子供の境目にいる存在だからだ！　身体的にはまだまだ未熟な小学生！　生物学的に成熟する高校生！　その狭間《はざま》！　子供から大人への過渡期にある中学生を撮影することで、境界というテーマを表現しているんだ！　そして二つ目の理由！　それは一つ目の理由でモチーフにした中学生を誘拐、監禁することで、よりモチーフのテーマ性が露《あら》わになるからだ！　突然誘拐された中学生は死をイメージする！　しかし、誘拐された先で行われるのはただの撮影！　一向に体が傷つけられる様子はない！　すると！　目隠しをされ、手足を縛られた状態で撮影が続いていると、中学生はフレッシュな脳で様々なことを妄想する！　自分はこれから先どうなるのか！　生への可能性と、死への恐怖を反復横跳びして、多種多様な表情を浮かべてくれる！　分かるか、俺のテーマは二つの境界が交わっているんだ！　大人と子供、生と死。その両方を！　中学生を監禁することで表現している！　どうだ、分かりやすかっただろド素人！」

はぁはぁと息切れを起こすほどの勢いで説明を終えた男は、黙ってラヴィの反応を待っていた。まるで発表会の練習を終えて、先生の評価を待っている中学生みたいだった。

やがてラヴィは
「うん、めっちゃ分かりやすかった。分かりやすかったうえでの感想なんだけど」
いつものように、見下すような口調で言った。
「あっっっっっっっっっっっっっっっっっっさいねぇ」

「はぁ!?」

「いやほんとに、浅すぎてびっくりしちゃった。内容がすかすかなのに、よくあれだけ長々と説明できたね。政治家とか向いてるんじゃない?」

「おまっ、おまえ、ほんとに俺の話を聞いてたのか!?」

「聞いてた聞いてた。そのうえで言ってんの。おにいさん、ほんとにセンスないねって」

「なんだとぉ!」

陽菜《ひな》は――ただ驚いていた。

陽菜たちは、圧倒的に弱者だった。

この場を支配していたのはこの男で、陽菜たちは男に為《な》す術《すべ》もなく写真を撮られていて。

その関係は覆りようがない。

誰もがそう思っていたはずなのに、

「教えてあげよっか。おにいさんがなんでセンスないのか」

今この場を支配しているのは、間違いなくラヴィだった。

手足を縛られ、目隠しをされ、床に座ったまま満足に体勢一つ変えられない少女が、大の大人を手のひらの上で転がしている。口先だけで、完全にこの場を支配している。

男はラヴィの言葉を聞き逃すまいと必死で、そのことに気づいてないかもしれないけれど。

「……一応聞いてやろう」

「じゃぁ質問。僕のことどう思う？」

「どうって……可愛《かわい》いと思うが」

「あはは、そんな当たり前のこと言ってどうすんのさ。おにいさんは空の感想聞かれて青いねって答えるの？　今時ＡＩの方がもうちょっと気の利いた返しするんじゃない？」

「し、しかし、それ以外の感想は——」

「あーあ。だからダメなんだよおにいさんは。いい？　よく聞いて？」

「僕、男の子だよ？」


ガンッ！

急に大きな音が鳴って驚いたけれど、続けて聞こえたペタンッという音で、どういう状況下がなんとなく分かった。

……もしかしてこの人、膝から崩れ落ちた？

「男……お、とこ……？　こんなに女みたいな見た目で？　こんなに華奢《きゃしゃ》で、声も可憐《かれん》で、スカート穿《は》いて、どこからどう見ても女の子なのに？　男……？　はっ！　せ、性の！　性の境界!?　成長途中で生物学的に成熟していない中学生だからこそ体現しうる、男と女の性の境目!?　俺のテーマに足りなかったのはそれか！」

「いいねぇ、おにいさん。分かってきたじゃん」

「だ、だが、待て！　俺はまだ信じない。俺を騙《だま》すために嘘《うそ》を言っている可能性もあるからな。そうだ、そうに決まってる！　お前、本当は女だろ！」

「脱ごっか？」

「いやいやいやいやいやいや！　待て、早まるな、落ち着け！　俺の写真家としての直感が告げている！　多分……多分、このままのほうがいい！　男か女か分からないままのほうが、境界というテーマを表現できている気がする！　その揺らぎ、危うさ、矛盾、同一性、すべてが完璧だ！　うん、そうだ、間違いない！　よし、写真を撮ろう！　今なら素晴らしい作品が撮れる気がする！」

「えー、でもなんだか僕、脱ぎたい気分かも」

「待て待て待て！　待って！　待ってください！　あ、ちょっ！　下着を脱ごうとするな！　ちょ、脱がないでお願い！　ほんとに！　なんでもするからお願いします！」

「なんでもするの？」

「はい、なんでも！」

「じゃぁ僕たちの拘束解いてくれる？　あと、目隠しも」

さすがに男はすぐに「うん」とは頷《うなず》かなかった。

しかし明らかに葛藤している間が数秒あり、やがて小さな声で、

「と、解いたら脱がないですか？」

「脱がない脱がない。写真だって撮らせてあげるよ」

「オッケェ任せてください！　ちょっとハサミ取ってきます！」

ドタドタという足音が遠ざかり、部屋の中が静寂に包まれた。さっきまでの騒々しさとのギャップで、耳の中がキーンと鳴っている。

「あの、先輩……今ってどういう状況ですか？」

しばらくして、恐る恐る、といった様子で小春《こはる》が声を発する。

「うーん、私も全然分かんないけど」

陽菜《ひな》は苦笑いしながら答えた。

「ひとまず危機は去った、って感じじゃないかな」

五分後。

陽菜たち三人は拘束を解かれ、うすっぺらいクッションの上に座りながらお茶をすすっていた。

「すみません、普通のコンビニで売ってるようなお茶しか出せなくて。あぁ、でもこっちのほうが安心ですよね。何も変なものとか入ってないんで、ほんとに！」

一転して超低姿勢になった男は、なぜか敬語で、自分だけ座布団に座らず、硬い床の上で正座したままへこへこと陽菜たちに頭を下げた。

陽菜たちが拘束されていたのは、どこかのマンションのワンルームのようだった。必要最低限の家具しかなく、モデルルームみたいだ。

「で」

ドンッとペットボトルのお茶を置いて、ラヴィが話を切り出した。

「おにいさんは、なんでこんなことしたわけ？」

「い、いい作品を作りたくて、ですね……。昔一度だけ写真で賞をもらったことがあるんですが、それからもう何年も芽が出ていなくて。SNSで不満をぶちまけてたところ、ある人から声がかかったんです。写真を撮って、送って欲しいって」

気弱そうな見た目をした男は、本名を矢田野悦男《やだのえつお》というらしい。

悦男《えつお》はすっかりラヴィに懐柔されたようで、事件を起こすに至った顛末《てんまつ》を語った。

「初めての撮影のとき、指示通りにマンションの一室に足を運びました。この部屋です。中に入ったら中学生の子供が何人か気を失っていて……やばい仕事だなと思いました」

「おにいさんさぁ。なんでそのときに警察に通報しなかったわけ？」

「正直、金に困っていて……。報酬がめちゃくちゃよかったんですよ。それに目の前の中学生をモチーフとして見たとき、自分の中で育ててきたテーマにぴったり一致していて……二つの欲望に負けてしまいました」

「あはは、クズだねー」

「言い訳はできません。ただ、すごくいい写真が撮れたんです。それを依頼者の人も喜んでくれていて……。とてもいい写真だ、これからも依頼したいって言われたんです。自分の作品を褒《ほ》められたのも、報酬をもらったのも久しぶりで、正直、舞い上がってしまいました」

それからというもの、悦男はたびたび同じ人物から依頼を受けて、このマンションに足を運んだそうだ。

状況はいつも同じ。すでに中学生は部屋の中で眠っていて、写真を撮るよう要求される。写真はデータファイルで依頼者に送るよう指定されていて、依頼者が写真を確認後、報酬を受け取って完了。

「あと奇妙だったのは、誘拐されてきた中学生全員の秘密がメッセージで送られてきたことですね。うるさく喚《わめ》くようならこれを使え……って」

「あ、それって」

思わず陽菜《ひな》は、小春《こはる》の顔を見た。

小春は青ざめた顔で口を開いた。

「あ、あの……私の秘密、絶対に誰にも言わないでくださいね」

今にも泣きだしそうな小春を見て、悦男は慌てて両手を振った。

「い、言わない！　言わないですよ！　なんならもう忘れちゃったくらいだし、あ、でも気になるようなら頭とか叩《たた》いときます？」

「いえ、それはいいです……」

「あ、ごめんなさい気持ち悪かったですよね！　自分でやります、自分で！」

そう言うと悦男はそのまま壁に頭を打ち付け始めた。

小春はドン引きしているし、ラヴィはケタケタ笑って眺めているだけなので、仕方なく陽菜が止めることにした。本当は近づくのもちょっといやなんだけどなぁ……怖いし。

「あのぉ、話の続きを聞かせてもらっても……？」

「す、すみません！　そうですよね！　えっと、どこまで話しましたっけ？」

「要するに、おにいさんは依頼者の正体を知らないってことでしょ？」

「そうですね、実際に会ったことはもちろんないですし、本名すらも分かりません」

「でも、連絡先は知ってると」

「はい。といっても、やり取りは基本ＳＮＳのＤＭですけど」

「オッケー、それだけ条件がそろってれば十分かな」

ラヴィは可愛《かわい》い顔にそぐわない邪悪な笑みを浮かべると、

「おにいさんにやって欲しいことが二つありま〜す」

悦男《えつお》に指示を出し始めた。

「一つは、依頼者にメッセージを送ること。文面はこっちで考えるから、その通りに送ってね」

「構いませんけど……何をするつもりなんですか？」

「いいからいいから。それから二つ目。おにいさんは三日後に警察に行って自首すること」

「え、自首ですか!?」

「だってやったこと普通に犯罪だし。おねえさんたちすごく怖がってたし。僕もなんか縛られててムカついたし。単純に、捕まって欲しいなぁって」

「いやでも自首はちょっと……あぁあああ脱がないで！　脱がないでください！　分かりました自首しますから！　どうかそのままで！　そのままの君が美しいからぁああ！」

下着を脱ごうとするラヴィと、それを土下座して止める悦男。

成人男性が下着を脱ごうとしている少女を止めようと全力で土下座する光景は、なんともシュールでいたたまれなかった。現代アート？

「じゃ、自首してね。ただし三日後だよ。早すぎたらこっちの計画に支障出るから」

「分かりました。罪は償います。それだけのことはしましたから……。でもそれなら最後に……」

悦男は涙目でカメラを構えた。

「写真撮らせてもらえませんか？」

ぶれないなぁこの人……。

「いーよー。ちょうど僕からもお願いしようと思ってたところだし」

「いいんですか、やったぜ！　じゃぁさっそく準備しますね！」

「ただし」

ラヴィは飛び上がるほどに喜んだ悦男の襟首をつかんで、自分の元に引き寄せた。悦男は一瞬驚いた様子だったが、何も言わず、命令を待つ飼い犬のように大人しくラヴィの言葉を待っている。

もはや主従関係は完全に逆転していて、陽菜《ひな》はそれが頼もしくもあり——少しだけ怖くもあった。

「僕が指定したカメラを使って欲しいんだよね」

※

絶望した少年少女たちの泣き顔を見ながら傾けるワインが、この世で一番美味《うま》いワインの飲み方だと東散渥美《ひがしばらあつみ》は確信している。

夜、ダウンライトだけが灯《とも》った部屋で、牛革のソファに腰を下ろす。ワインセラーから取り出したボトルをサイドテーブルに置き、グラスに注ぐと、ほのかな灯《あか》りを受けて赤ワインが鈍く、紅《あか》く輝いた。

つまみにはチーズを添える。東散が好きなのはモッツァレラチーズだ。塩とオリーブオイルをひと匙《さじ》かけて、ワインと共に胃に送り込む。

アルコールを帯びた息を吐き出しながら、東散は天井を仰いだ。至福のひとときだ。心が洗われる。

ワインとチーズの味に脳が喜んでいる間に、次のつまみを用意する。

舌は満足している。次は目だ。

PCを立ち上げ、隠しフォルダから画像を開く。

モニターに映し出されたのは、目隠しされ、泣き叫ぶ少年少女たちの写真だった。

クリック&ホイールによって次々と映し出される少年少女たちに共通しているのは、制服。彼らはみな、制服に身を包む年端も行かない子供たちだ。

「あぁ、かわいそうに……こんなに怯《おび》えて、さぞ怖かっただろうなぁ……」

言葉に反して、東散の表情は恍惚《こうこつ》としていた。決してアルコールのせいだけではない頬《ほお》の赤みが、その喜びを主張している。

「かわいそう……かわいそうかわいそうかわいそう、あーっはっはっははは！　かわいそうだなぁ！　平穏な日常を送っていた、いたいけな少年少女たちが急に誘拐されて、目隠しをされて身動きも取れない状態で無遠慮に写真を撮られて……なんて酷《ひど》いんだろう。こんな細くてか弱い未熟な体じゃ、反抗することもできないだろうに」

東散の人差し指が、モニターに映った少女の腕をつーっと撫《な》でる。そのまま口元に持っていくと、赤い舌が指を出迎えた。

「ほんとうに、かわいそうだ」

そうしてまた、ワインを飲む。痺《しび》れるような快感が、頭のてっぺんから足の先まで、電流のように駆け巡る。いま、東散の全身には多幸感が満ちあふれていた。

東散渥美の最大の喜びは、弱者を食い物にすることだった。

未成年で、社会的地位も、権力もなく、声をあげたところで相手にするものもおらず、頼りになる知り合いもいない。そんな人間が東散の欲望を満たす格好の餌食となる。幸いにも、東散はそういう「弱者」を見つけるスキルに長《た》けていた。

学校の保健医という職に就いたのは、自分のスキルを活《い》かし、思春期の少年少女に近づくためだ。保健医は天職だったが、同じ狩場に長くとどまることは難しかった。短期間で何人もの生徒が犠牲になれば、事態が明るみに出る可能性もある。足がつくのを怖《おそ》れた東《ひがし》散《ばら》は、これまで学校を転々としてきた。自分の欲望を満たすために。

「聖華《せいか》学園は本当に、最高の狩場だよ。大量の餌が転がってるし、毎年新しい獲物がどんどん供給されるんだから。他の学校で保健医をやりながら、募集がかかるのを待って正解だったね」

東散の手口はこうだ。

まず、保健室に来た生徒と会話をし、生徒の人となりを知る。その際、深い悩みがありそうな生徒に目星をつけ、後日個人的に呼び出して話を聞く。

中高生の生徒というのは、誰にも話せない秘密の一つや二つを抱えているものだ。それは例えば他人からしてみれば大したことではなかったとしても、本人にとっては知られれば学園にとどまっていられないほどの重要な秘密だったりする。

東散はこれまで、そういう生徒を何人も見てきた。

援交に手を染めた女子生徒。

盗撮癖がついてしまった男子生徒。

同性を好きになってしまった女子生徒。

万引きを繰り返す男子生徒。

そんな生徒たちから秘密を聞き出すと、東散はその生徒をマンションの一室へと送り込んだ。睡眠薬によって眠らせた生徒たちは右も左も分からぬまま写真を撮られ、ひとしきり撮影が終わった後はまた薬品で眠らされて解放される。

撮影を行うのは、東散自身が探し出した写真家、矢田野悦男《やだのえつお》だ。彼は東散にとって実に都合のいい人物だった。

程よく腕がよく、それでいて社会的には成功しておらず、自分の撮った写真が誰かに求められることを強く望んでいて、金銭的に困窮している。

彼の写真に惚《ほ》れているとSNSで嘘《うそ》のメッセージを送ると、すぐに話に乗ってきた。

誘拐した未成年を撮影するという法的にも倫理的にもアウトな行為に手を染めさせるのは少々骨が折れたが、最終的には悦男も快諾した。承認欲求を拗《こじ》らせた芸術家を丸め込むことなど、東散にとっては造作もないことだった。

以来、悦男から送られてくる写真に、東散はおおむね満足していた。

東散が見たいのは、自分の日常が崩れたことを認識したとき、そして、自分が大事にしまい込んでいた秘密が、どこの誰かも分からない馬の骨に知られていることに気づいた、その瞬間の表情だ。悦男は実にうまくその刹那を写真に撮る。

東散に心を許し、泣きながら、あるいは恥じらいながら秘密を吐露した少年少女が、突然去来した絶望的な状況に打ち震える姿。それこそが――それだけが。東散《ひがしばら》の飢えた心を癒《いや》してくれる。

「写真データを裏サイトに流せばそれなりの金になるのもありがたいな。その金で上等なワインは買えるし、こうして生徒たちのかわいそうな姿を見ながら晩酌を楽しむこともできる。一石二鳥だ」

被害に遭った生徒たちは、秘密を暴露されることを恐れて警察には駆け込まない。金銭を奪われたわけでもなく、体を傷つけられたわけでもなく、ただ写真を撮られただけ。秘密を暴かれることと天秤《てんびん》にかけ、最終的には沈黙を貫く選択をする生徒ばかりだった。

馬鹿な子たちだ。そういう子たちはこれから先の人生でも、一生食い物にされ続けるだろう。

「そういえば、昨日矢田野《やだの》に預けた子供たちの写真、まだ届かないな。いつものスケジュール感でいけばそろそろだと思うんだが……」

DMの見逃しがあるのかと思い、SNSを立ち上げる。撮影した写真は、大容量ファイル転送サイトを通じて送られてくることになっていた。いつもなら翌日の朝にはファイルを解凍するためのパスワードが悦男《えつお》から送られてくるはずなのだが……。

いぶかしんでDMをチェックすると、悦男からのメッセージが届いていた。

『手違いでいつものデジタル一眼レフではなく、フィルムの一眼レフを使用してしまいました。フィルムカメラでは写真はデータとして保存されるのではなく、現像するシステムですので、いつものように転送することができません。現像した写真をお送りしたいので、住所を教えていただけないでしょうか？』

馬鹿にしている。というのが最初の感想だった。

東散は間髪をいれずに返信した。

『最近ではフィルムカメラの写真をデータ化する技術もあるようなので、そちらでお願いしたい』

悦男からの返信は数分と待たずに返ってきた。

『フィルムカメラの写真をデータ化するのは、俺の流儀に反します。アナログはアナログでこそ趣のある写真として写るのです。特に今回はフィルムカメラ独特の粗っぽさがとても良い味を出しています。デジタル化してしまうとこの粗さが均一化されてしまい、のっぺりとした面白味《おもしろみ》のない写真になってしまいます。もともと俺はあのマンションの築年数の若いことが気になっていました。監禁というテーマを撮るのであれば、もう少し古臭い雰囲気が欲しかったのです。その古臭さが今回たまたまフィルムカメラで撮影したことで見事に演出されており――』

後半は読み飛ばした。写真のことになるとやけに饒舌《じょうぜつ》になるのが、この男の悪いところだ。悦男がどんな信念を持って撮影しているのかなど、これっぽっちも興味はない。何者にもなれなかった男の信念を聞いてやるほど暇ではないのだ。

しかし。

「フィルム写真というのは、確かに気になるな」

添付された写真を見る。

今回撮ったフィルム写真をスマホで撮影し、ＤＭで送ってきたものだ。

画素は粗く、細かい部分はつぶれてしまっていたが、それでも確かに悦男《えつお》の言う通り、これまでの写真とは違う趣を感じた。

パソコンの画面で鑑賞するのではなく、例えばアルバムなんかに写真を入れて、ページをめくりながらワインを傾ける。そんな時間も悪くはない気がした。

とはいえ、こちらの住所を教える気はさらさらなかった。

共犯者とはいえ、信頼関係があるわけではない。金を払い、写真を撮ってもらっているだけのビジネスライクな関係だ。身元が知られれば、なんやかんやとケチをつけてもっと金を寄越《よこ》せと迫ってくる可能性だってある。

住所は教えない。けれど、写真は欲しい。

特に今回の獲物の中には、ラヴィとかいう綺麗《きれい》な顔で小生意気な性格をした女がいるのだ。あいつの恐怖に歪《ゆが》んだ顔はぜひとも拝みたい。

東散《ひがしばら》は少し考えて、

『郵便局留めで送って欲しい』

と返信した。

郵便局まで自らの足で赴き、写真を回収すれば、住所を教える必要はない。

よしんば、郵便局で悦男が待っていたとしても、悦男は東散の顔はおろか、性別だって知らないのだ。見つけることはできないだろう。

少し待つと、悦男から『了解しました』と返信が来た。明日の昼には届くらしい。

東散は自分のアイディアに満足し、鼻歌を歌いながら、ワイングラスを傾けた。


翌日、東散は指定した郵便局に足を運び、無事に郵便物を回収していた。

宛名は指定した通り「阿津梅紀子《あづうきこ》」となっている。

昔ネットオークションにハマっていた際に、郵便局に登録していたペンネームだ。知らない人から品物を受け取る際に本名をさらすのは嫌だからと、別名でも届くよう郵便局に登録していたのだが――こんなところで役に立つとは思わなかった。

東散渥美《あつみ》という名前は、いかんせん珍しい。ネットで調べれば、聖華《せいか》学園のホームページがヒットしてしまうかもしれない。

本名も、住所も、教えるつもりはない。この郵便局だって、わざわざ家から遠い場所に設定したのだ。悦男に自分の情報がわたる可能性はゼロ。我ながら冴《さ》えている。完璧な作戦だ。

あとは家に帰ってじっくりとこの写真を鑑賞するだけ。

スキップしたい気持ちを抑えつつ、郵便局から一歩足を踏み出した——そのとき。

「東散《ひがしばら》先生、ちょっといいですか」

突如肩を叩《たた》かれ、東散は驚いて振り向いた。反射的に抱えた封筒が、がさりと乾いた音を立てた。

「こ、校長先生!?　どうしたんですか、こんな時間に」

聖華《せいか》学園の校長が立っていた。七福神の恵比寿《えびす》のように柔和な顔に、狸《たぬき》の置物みたいな大きな腹。アイコニックで愛嬌《あいきよう》のある見た目をした校長が今、見たこともないほどに険しい表情を浮かべていた。

「私の元に匿名でメールが送られてきましてね。その真偽を確かめるために来ました」

「それはそれはご苦労様です。それで……そのメールには、なんて書かれていたんですか？」

冷や汗が背中を伝う。

嫌な予感がした。

「東散渥美《あつみ》は犯罪者である。そしてその証拠は、今日この場所に現れるあなたの手の中にあると」

校長の視線は、茶色い封筒に注がれていた。

「東散先生。今、手に持たれている郵便物の中身を確認させてもらうことはできますか」

東散は反射的に封筒を強く抱きしめた。

「あはは、いくら校長先生の頼みでも、それは聞けませんね。きわめてプライベートなものが入っていますので……というか、先生。もしかして、そのメールに書かれていたことを信じているんですか？　どこの誰が送ったかも分からないのに？　ひどいなぁ。私に対する信頼、低すぎませんか？」

「無礼は承知の上です。東散先生の無実が分かった際には、どんな仕打ちでも受けましょう。ですから、お願いします。この通りです」

校長はそう言うと深々と頭を下げた。通行人たちがちらちらとこちらを見ている。好奇の視線がうざったくて、東散は奥歯をぎりりと噛《か》んだ。

「困ります、校長先生。そんなことをされても、見せられないものは見せられません。急ぎますので、失礼します」

「待ってください！」

急ぎ足で駆け抜けようとすると、校長の腕が東散の腕をつかんだ。あの図体《ずうたい》なら振り切れると思ったのだが……思いのほか俊敏だった。それだけ校長も必死なのだろう。

「東散先生、聞いてください！　例のメールには、被害者の名前も書いてありました。すべて他校の生徒でしたが、調べてみたところ、多くの生徒が現在登校を拒否しているとのことでした。もしうちの生徒が同じ被害に遭おうとしているのであれば、未然に止めなくてはいけないのです！」

知らねぇよ、うぜぇな熱血教師気取りかよ！

口元まで出かかった言葉をすんでのところで飲み込んだ。落ち着け、クールになれ。

今は冷静に状況を把握し、逃げ出す手段を考えるんだ。

どうやら校長にタレコミを入れた人物は、これまでの被害者の生徒の名前をメールに書いていたという。そんなことをできる人物は一人しかいない――矢田野悦男《やだのえつお》だ。

自分の依頼を受けて撮影を続けてきた悦男であれば、被害者の一覧を記録していてもおかしくはない。

しかし、だとしても疑問が残る。

悦男はどうやって東散《ひがしばら》の職場を探り当てたのか、ということだ。

悦男とのやり取りには細心の注意を払ってきた。自分の個人情報を話すようなヘマはしていないはず。なのに、どうして……。

「東散先生、どうかお願いです！　やましいことがないのであれば、封筒の中身を見せてください！」

被害者の所属していた学校名まで知られているということは、当然その学校に東散が勤務していたこともバレているだろう。校長は自分のことを相当疑っているに違いない。

だとすれば、もう——

「しつこいなぁ！　嫌だって言ってるでしょう！」

東散は校長の腕を振りほどいて駆け出した。

もはや話し合いでどうにかなる段階は過ぎている。

この封筒は処理し、証拠を隠滅しよう。

写真は惜しいが、犯罪の証拠を握られることだけは避けなくてはいけない。

聖華《せいか》学園で働き続けるのも難しいだろう。新しい狩場を探さなくては。

くそっ、せっかくいい職場を見つけたのに、どうしてこんなことに……！

ビリッ

「え」

手元から発せられた不吉な音につられ、視線を下げる。

誰かのほっそりとした指先が、封筒を引き裂いていた。

誰の指かを確認する余裕はなかった。

封筒が引き裂かれる様子を目で追うだけで、精いっぱいだった。

「やめっ――!」

制止の声をあげたときには、既に封筒は破れ、中身がばらばらに飛び出していた。視界を奪われ、手足を縛られ、泣き叫んでいる少女たちの写真が、紙吹雪のようにひらひらと舞っている。

そのうちの一枚が、校長の手元に舞い落ちた。

校長は少しの間、写真をじっと見つめると、

「もしもし、私です。証拠をつかみました。ええ、写真です。すぐに転送しますから、そのまま進めてください」

端的な言葉をスマホに投げかけて、ゆっくりと背を向けて歩き出した。

東散《ひがしばら》はあわてて校長の背中に問いかける。

「あ、あの、校長。進めるって、何をですか……?」

「私の古くからの友人が警察官でね。事情を話して準備してもらっていたんですよ。もうすぐ、あなたの家に家宅捜索が入ります」

「かたく、そう、さく……?」

「じきにここにも警察官が来るでしょう。君は優秀な保健医だと思っていただけに――とても残念です」

そんな捨て台詞《ぜりふ》を残して、校長は去っていった。

残されたのは、呆然《ぼうぜん》と膝をつく東散《ひがしばら》と大量の写真。

そして、その脇でニヤニヤと笑いながら佇《たたず》む、

「ごめんねぇ、おねえさん。僕の指が封筒に引っかかっちゃったばっかりに」

ラヴィだけだった。

「あん、たは……」

虚空を見上げていた東散がラヴィを認識するまでに、少し時間を要した。

やがて焦点が定まり、目の前にいる少女の正体に気づいたとき、

「お前が、やったのか……」

「なにを？」

「悦男《えつお》から情報を引き出したのも、校長にタレコミのメールを送ったのも、最後に封筒を破いたのも、全部……全部、ぜんぶっ……！　お前がぁあああああっ！」

「ぴんぽんぴんぽん、だいせいか〜い。すごいね、おねえさん。もうなにもかも手遅れってこと以外は完璧じゃ〜ん」

襟首をつかみ、ほっそりとした体が宙に浮くほどに捻《ひね》り上げても、ラヴィは微塵《みじん》も表情を変えなかった。

人を小馬鹿にしたような笑みを浮かべたまま、東散を見つめている。

「……ばらしてやる」

その余裕の笑みを少しでも歪《ゆが》めたくて、東散は絞り出すような声で言った。

「お前の秘密、全部ばらしてやるからな。お前は……そうだ、たしか再婚した母親との折り合いがうまくいかずに、色んな男の元を転々としてるんだったたよなぁ！　この秘密を学園全体にばらまいてやる！　それがどういうことか分かるか？　全校生徒にお前がクソビッチだってことがバレるんだよ！　ははっ、よかったじゃないか！　お前とヤリたいだけの男たちがこぞってお前を抱きにくるだろうよ！　アバズレのお前にはお似合いの末路だな！　はは！　ははははははははっ！」

「あ、それ全部嘘《うそ》だから」

「は……？」

東散の勝ち誇った顔が、凍ったように固まった。

嘘？　あれが、全部？　冗談だろう？

「だってほら、僕も秘密話しとかないと、陽菜《ひな》おねえさんと一緒に誘拐してもらえないでしょ？　だから嘘ついたんだよ。あんなペラッペラな嘘も見抜けないなんてさぁ、才能ないよね」

「そ……そんなわけあるか！」

東散は叫んだ。

叫ばずにはいられなかった。

「私は！　私は確かに、お前の心の壁を取り除いた！　ヘラヘラとした笑顔や、本音を語らず何事にも本気で取り組まない姿勢から、私はお前の心の闇を見抜き、入り込んだ！　私の長年の経験が言っている！　お前が語った話は真実だ！」

「必死じゃん、ウケる。まぁおねえさんがそう思いたいなら、それでいいよ。なんなら褒《ほ》めてあげようか？　僕の心の闇を暴けて偉かったでちゅねー、しゅごいしゅごーい。ご褒美になでなでしてあげまちょーねー」

「触るなっ！」

頭を撫《な》でようとしたラヴィの手を払いのけようとして――

「ぴーぴーぴーぴーぴーうるせぇよ」

そのまま地面に組み敷かれた。

何が起こったのか、一瞬まるで理解ができなかった。気づけば硬いアスファルトの上で、二人の距離は触れ合うほどに近づいていた。東散《ひがしばら》は仰向《あおむ》けに、ラヴィは捕食者のように東散に覆《おお》い被《かぶ》さっている。

「まだ現実が見えてないみたいだから、僕がそのすっとろい頭脳でも分かるように、噛《か》み砕いて教えてあげるね？」

ラヴィの口がにやりと上がり、やけに鋭い犬歯が日の光を浴びて光った。

「あんたもう、終わってんだよ。そんなことにも気づけないなんてほんと馬鹿だよね。自分のことを賢いと思ってる馬鹿ほど扱いやすいやつはいないって言うけど、あんたはまさにその典型だったよ。あんたを警察に突き出す方法は無数にあったけど、僕が直々に、ちょっと遊んでやろうと思ってここまで来てあげたわけ。ね？　だから感謝してよ。感謝しろ。ほら、早く」

東散は、何も言えなかった。

豹変《ひょうへん》した目の前の少女に、形容し難い恐怖を感じた。

本当にこの子はラヴィなのか？　学校で話したラヴィと同一人物なのか？

こいつはいったい――

「ま、結構楽しかったよ。おねえさん。僕の暇つぶしに付き合ってくれてありがと。あとはゆっくり」

何者なんだ。

「刑務所の中で暮らすといいよ」

遠く、サイレンの音が聞こえる。

東散はもう、一歩もそこから動けなかった。

※

東散《ひがしばら》先生が警察に連行されてから数日が過ぎた。

ここ数日は本当に大変だった。警察の取り調べもあったし、なにより両親をなだめるのにも時間がかかった。

事件後、学校に呼び出された両親の顔は真っ青で、陽菜《ひな》のほうが心配になるくらいだった。

父の広茂《ひろしげ》に至っては近所のおじさんと釣りに行っていたからか、両手に生魚を持ったまま校長室に飛び込んできて、周囲を驚かせた。

色々あった数日間だったが、取り調べも落ち着き、ようやくいつもの生活が戻ってきつつあった。

「警察の取り調べって、なんか怖いよねぇ。自分は悪いことしてないのに、逮捕されてる気分になるって言うか」

「あ、分かります。私ずーっと震えてましたもん」

放課後、時間ができた陽菜は、ずっと気になっていた小春《こはる》の下を訪ねていた。

警察の取り調べ中、被害者同士は会うことができなかった。なんでも供述の整合性を取るためだそうだけれど、なんだかこっちが悪いことをしてるみたいに思えて、いい気分はしなかった。

「それでさ、小春ちゃん。大丈夫？　その……フラッシュバック？　とか、色々」

「はい、自分で思ってたよりも大丈夫そうです！　流石《さすが》に事件のあった日は落ち込みましたけど……今ではご飯ももりもり食べてます！」

「そっか、ならよかった」

「先輩は……ふふ、私が心配しなくても大丈夫ですよね」

どういうこと？　と陽菜が問うと、小春はくすぐったそうに笑って答えた。

「だって先輩、全然怖がってなかったですもん。あーゆーシチュエーション、慣れてるんですか？」

「慣れてるわけないじゃん！　ちゃんと普通に怖かったよ？　だけど……」

「だけど？」

「小春ちゃんがいてくれたから、怖いとか思ってられなかったのかも。小春ちゃんを守らなきゃーって、必死だったから」

「先輩……」

ぎゅっと、小春が陽菜の手を握った。

「やっぱりかっこいいです！　ていうか、ファンです！　ファンクラブ作ってもいいですか？」

「や、やめてよ、大袈裟《おおげさ》だなぁ。先輩として普通のことをしただけだよ。それにさ」

陽菜は力なく笑う。

「結局全部、ラヴィに助けてもらったようなものだし」

彼女がいなければ、陽菜《ひな》たちはいいように弄ばれていただろう。ラヴィがいたから、小春《こはる》を勇気づけるだけの心の余裕があったのだ。

偽善者を裁く。陽菜たちはその過程で助けられた。

ラヴィのことをいつも責めているだけに、少し、複雑な気分だった。

「ねぇ陽菜先輩。ラヴィちゃんって、いったい何者なんですか？」

小春の問いに、陽菜はすぐには答えられなかった。

彼女は一体、何者なのだろうか。

知り合いであることは間違いない。でも、友達かと問われれば、すぐに頷《うなず》くにはまだ彼女のことを知らなすぎる。

結局陽菜は「私もよく知らないんだ」と答えるしかなかった。

小春は「そうですか」とつぶやくと、

「先輩」

意を決したように陽菜を見た。

「東散《ひがしばら》先生に握られてた私の秘密、なんですけど」

「うん」

「実は私一回だけ、知らないおじさんとご飯に行ったことがあって……それでお金貰《もら》っちやったんです。割と、たくさん」

そういうことをしている子がいる、という噂《うわさ》は陽菜も聞いたことがあった。

いわゆるパパ活というやつだろう。一回行くだけで、一年分のお小遣い並みに稼げることもあると聞く。

「私、そのときどうしてもお金が欲しくて……魔がさして……。でも、お金を手にしてから気づいたんです。親にも友達にも出所が話せないお金って、すっごく重いんです。使えないんです。ずっとカバンの中に入ってて、呪いみたいに日に日に重くなっていくんです。罪悪感と、バレたくないっていう気持ちでいっぱいになって、時間が経《た》つにつれてそれは大きくなって、誰かに吐き出したくなって……」

「それで、東散先生に」

こくりと小春は頷いた。

「目隠しされながら、その秘密を耳元で囁《ささや》かれたとき、本当に終わったと思いました。これから私は、誰かに後ろ指をさされながら生きていくことになる。それならいっそ、今だけ我慢して……そんな思考になってました。陽菜先輩と、ラヴィちゃんがいなかったら、きっと私は、今こうして笑えてなかったです」

本当にありがとうございました。

深々と頭を下げる小春を見て、陽菜はラヴィの言葉を思い返していた。

『じゃあ、もっと、もっと見せてあげる。見せつけてあげる。僕が偽善者で遊ぶところを、たくさん、嫌になるくらい。それで、最後に判断してよ。僕がやってることが、本当に悪いことなのか。だから、僕のことよく見ててね。陽菜《ひな》おねえさん』

彼女の言っていた通り、東散《ひがしばら》先生は偽善者だった。善人面で生徒に近づき、味方のふりをして秘密を握り、それを私利私欲のために利用した。

偽善者を裁く。その行為の善《よ》し悪《あ》しを、陽菜はまだ計りかねている。

東散先生は悪い人だった。けれど、だからといって、あんなふうに公衆の面前で晒《さら》し者にする必要があったのかは疑問が残る。

陽菜には……まだ分からない。どうしてラヴィが自分に固執するのか。なぜラヴィが偽善者を裁き続けるのか。

けれど、

「その言葉、ラヴィにも伝えておくね」

少なくとも目の前の少女が救われたことについては、素直に喜んでいいのではないだろうか。

「それで先輩、ファンクラブのことなんですけど。本気で考えてみません？　割と人、集まりそうなんですけど」

「ぜ――――ったい、ダメです！」

無邪気に笑う小春《こはる》を見ながら、陽菜はふと思う。

小春の秘密は、確かに握られていた。一度だけの過ちではあったけれど、本人にとっては誰にも言えない、圧倒的なウィークポイントとなる膿《うみ》のような秘密が。

だとすれば。

（私の秘密って、いったいなんだったんだろう？）

【3】


憧れって意外と近くにあるものだと思う。

アイドルとか芸能人とか、テレビの向こうにいる人たちは確かにキラキラと輝いているけれど、モニターの向こうにいる彼女たちには生活感がなくて、違う世界の人たちを眺めているようで、どこか作り物めいて感じてしまう。

きっと人は、目の前に輝かしい人物が現れたとき。

その道筋を考えて、その人の努力とか、頑張りとか、そういうものが垣間見《かいまみ》えたとき。

そのとき初めて、憧れという感情を抱くんじゃないだろうか。

そんなことを考えながら、陽菜《ひな》はダンスを踊り終えた。陽菜がポーズを決めたと同時に、スマホに流れていた動画も止まる。

「じゃんっ！　どうだった、絵馬《えま》？　今のは結構良かったくない？」

「ん？　うん、うん。すごかった。すっごく良かった」

「絶対見てないじゃん」

まぁ絵馬はこういうダンスには興味がないし、聞く相手が悪かったか。地面に置いたスマホを取り上げて、今度はじっくり鑑賞するために動画を再生する。

いま中高生の間で流行《はや》っているダンス動画だ。再生回数は百万回を超え、その勢いは衰えることなく、現在進行形で伸び続けている。

そしてそのダンスを踊っている投稿主こそが、聖華《せいか》学園の誇る動画投稿者、霧辻花華《きりつじはなか》だ。

動画配信サイトには、HANA★HANAという名前で登録していて、ハナハナちゃんという名前で親しまれている。

「はーっ、やっぱりかっこいいなぁ、ハナハナちゃん。ほら見て絵馬、ここの腰の動きなんてさぁ、もうさいっこうだよね！」

「んー……」

絵馬は眼鏡のリムをグッと押し込んで、眉間に皺《しわ》を寄せながら動画を見ると、

「あんたのと違いが分からん」

「もー、そんなわけないじゃん！　よく見て、ほら、よく！　見て！」

「おいやめろ！　あんまり私に陽《よう》の光を浴びせるな！」

「陽の光ってそんな大袈裟《おおげさ》な……たしかにハナハナちゃんは高等部のアイドルで、大人気動画投稿者で、アップロードした動画は全部ミリオン再生されてて、でもそんなことは鼻にかけずに幼稚園とか保育園とかに行ってチャリティー企画をしたり、動画の収益を全額寄付したりする超絶聖人だけど……」

「やめろ、それ以上の情報を寄越《よこ》すな。焼け、死、ぬ……」

「そんな吸血鬼みたいな……」

「そうだ。吸血鬼といえば」

「急に回復するじゃん。あんまりダメージ入ってなくない？」

「ラヴィたんの調子は最近どうだ」

「ラヴィたん」

素っ頓狂な敬称に、思わず繰り返してしまった。

～たんという敬称が、いわゆる萌《も》えキャラと呼ばれるアニメや漫画のキャラクターに付けられることは、絵馬《えま》から習っていたけれど、ラヴィと萌えがまったく結びつかない陽菜《ひな》にとっては、違和感だらけの呼び方だった。

「吸血鬼の君……美少年なのか美少女なのか……どちらでも頷《うなず》けてしまう美しいお顔……あぁ、もう一度だけでいいから拝みたい……」

「どうせ会ってもろくに話せないくせに」

前だって謎の奇声を発しながら気絶してたし。

「そんなことはない。前回の反省を活《い》かし、私の頭の中ではすでに何百通りの会話シミュレーションが試されているからな。試行を重ねた結果、放課後ファミレスに誘う超絶スマートな会話シークエンスが私の頭の中にはばっちりインプットされているというわけだ、どうだ驚きだろう？」

「あ、陽菜おねえさんはっけーん」

「全私的ミスオブミス圧倒的優勝吸血鬼美少女突然登場⁉ 何故《なにゆえ》⁉」

どこからともなくラヴィが現れた瞬間、光の速度で絵馬の脳がショートした。

超絶スマートな会話シークエンスとやらはどうなったんだろうか。

これから始まる可能性を信じて、つっこまずに放っておくことにする。

決して触れるのが面倒くさかったわけではない。

「ラヴィ、久しぶり……でもないか。一週間ぶりくらい？ 何してたの？ ちゃんと授業出てる？ 友達できた？ それから……って、あー！」

「どしたの陽菜おねえさん。急に叫んで」

「お礼言ってなかった！」

「お礼？」

「この前、誘拐されたときに助けてくれたことのお礼！ 言ってなかった！」

警察に取り調べを受けたり、親に質問攻めにあったりして、すっかりお礼を言うのを忘れてしまっていた。陽菜は慌てて頭を下げる。

「助けてくれて、ありがとう！」

お礼を言われたことが意外だったのだろうか。

ラヴィはしばらく目を瞬《まばた》かせて、

「ぷぷっ。やっぱり陽菜《ひな》おねえさんって変わってるよね」

「変わってる……かな？　助けてもらったらお礼を言うのは普通じゃない？」

「でもさぁ、そもそもあの保健医と陽菜おねえさんを繋《つな》げたのは僕だよ？　お礼言うのはおかしくなーい？」

言われてみれば確かにそうだ。

ラヴィがいなければ、そもそも陽菜は東散《ひがしばら》先生に目をつけられていなかったかもしれない。

だけど、

「それはそれ、これはこれだよ。助けてもらったのは事実だしね」

「ふぅん、甘いんだね、陽菜おねえさんは」

「どうだろ。結構根に持つタイプだから、将来的にラヴィに仕返ししちゃうかもよ？」

とはいえ、そこまでラヴィに腹が立っていないのも事実だった。

どうしてだろうと一瞬考えて、振り回されるのは慣れてるからかもしれないと結論付けた。凛香《りんか》とか絵馬《えま》とか、次の行動が読めない友達と過ごすうちに、変人耐性がついていたのかもしれない。

「で、ラヴィはなにしてたの？」

「それはもちろん、次の獲物探しだよ」

なかなか粋のいいやつが見つからないんだよねー、と唇を尖《とが》らせるラヴィ。そんな魚市場みたいな……。

窓の外を眺めたり、近くの教室の中を覗《のぞ》いたり、きょろきょろと辺りを見回していたラヴィは、ふと陽菜の持っていたスマホの画面に目を向けた。そしてそのまま、じーっと無言で見つめ続ける。

「どうしたの？」

「これ、なぁに？」

「あぁ、これ？　ハナハナちゃんっていう動画配信者だよ。すっごく人気があってね、ダンス動画がメインだけど、メイク動画とかファッションの動画とかもあげてたりして……」

そこまで話して、はたと気づく。

この流れは、もしかして！

「ち、違うからね！」

思わずスマホを背中の後ろに隠し、ラヴィの視界に入らないようにした。

「は、ハナハナちゃんは絶対偽善者とかじゃないから！　たしかにめちゃくちゃ可愛《かわい》くて、カリスマもあって身近なアイドルって感じだけど、全部ナチュラルな魅力っていうか！　自然体でやってることだからこそ嫌味《いやみ》がなくて、こうしてファンもたくさんいるんだろうし、取り繕ってる部分はないっていうか！」

「どしたの、陽菜《ひな》おねえさん」

きょとんと首を傾《かし》げるラヴィ。目をぱちぱちさせて、不思議なものを見るような視線を陽菜に送っている。

「……何も、言わないの？」

「さっきからなんの話してるのさ。変なおねえさん」

「う、ううん。なにもないならいいの」

肩の力が抜けた気分だった。

東散《ひがしばら》先生のときのように、「あれ」が来ると思ったのだ。

自分が信じていた、あるいは信じようとしていた相手への、信頼の根幹を揺るがすラヴィの偽善者認定。

今のところラヴィの勘が外れたことはない。きっと陽菜たちには分からない嗅覚でもって、偽善者か否かを嗅ぎ分けているのだろう。

そんなラヴィに、大好きなハナハナちゃんが偽善者認定されてしまったらどうしようかと慌ててしまったのだけど――どうやら杞憂《きゆう》だったみたいだ。

スマホからは興味を失くし、ガチガチに固まって動かない絵馬《えま》で遊び始めたラヴィを見ながら、陽菜はほっと安堵《あんど》の息を吐いた。

※

「青夏祭でなんかやってくれない？」

放課後、なんの前振りもなく、凛香《りんか》が陽菜に詰め寄った。

「一人漫才でも一人ファッションショーでも一人ゲーム大会でもなんでもいいからさぁ」

「無茶《むちゃ》振りにもほどがあるよ……。ゲーム大会は一人じゃひらけないし」

「だよねー。あーあ、どーしよっかな」

「なにかあったの？」

「メインステージの出し物がひと枠足りなくて困ってるんだよねー」

青夏祭は、六月に開かれる小さな文化祭みたいなものだ。秋の文化祭と比べると規模は小さいものの、新入生との交流も兼ねた人気の行事となっている。

グラウンドには模擬店が立ち並ぶし、構内の至る所に設置されたミニステージでは有志の学生、教師による出し物も催される。

そんな中でも、メインステージは校舎正面、最も目立つ位置に設営される目玉のステージだ。クラス一丸となっての出し物が企画されることもあるし、過去には芸能人やプロの漫才師を招待したこともある。

「そんなおっきなところで私に一人漫才やらせないでよ。消えないトラウマ植え付けるつもり？」

「いや、陽菜《ひな》ならできるかなって。意外と肝据わってるし」

「私のことなんだと思ってるの……。あと、なんで私だけに声かけたの。絵馬《えま》も誘いなよ」

隣で黙々と漫画を読む絵馬の頭を、人差し指でちょんちょんとつつく。絵馬はこちらの話などお構いなしで、自分の世界に入り込んでいる。

「絵馬ちゃんはダメ」

「なんでよ」

「だって絵馬ちゃんに頼んだら……」

「頼んだら？」

「おすすめのアニメ百選とか、推し美少年キャラのいいところ百選とか、人気漫画の世界観考察とかやり始めて滅茶苦茶《めちゃくちゃ》にされるに決まってる」

「それはそれで面白いと思うけど」

少なくとも私の一人漫才よりは、と心の中で付け足す。

青夏祭のメインステージで「なんでやねん！」と虚空に向かって突っ込んでる自分を想像して身震いする。向こう五十年くらいの恥という恥を凝縮したような時間になることは間違いない。

「まぁ、あんたたちに頼むのは冗談だけど、なんかいい人知らない？　こう、パーっと盛って、青夏祭全体が盛り上がってないみたいじゃん」

「あ、それなら！」

盛り上がる芸を持っている有名人といえば、あの人しかいない。

陽菜はスマホを取り出して、画面を見せた。

「ハナハナちゃんはどう？　高等部の生徒だし、声もかけやすいんじゃない？　あーでも、ハナハナちゃん忙しいかなぁ！　撮影の予定とかめっちゃ入ってそう。でもでも、メインステージで踊ってもらえたらすっごく盛り上がると思うんだよね！」

「一人で盛り上がってるとこ悪いけど」

冷めた目でスマホを一瞥《いちべつ》して、凜香《りんか》が抑揚のない声で言う。

「霧辻《きりつじ》先輩はもう登録されてるから」

「え、ほんとに!?」

「ほんと。メインステージの四枠目にね」

「やったぁ！　絶対観《み》に行かなくちゃ！」

同じ学園に所属しているとはいえ、高等部と中等部の間に交流はほとんどない。生のハナハナちゃんのダンスが見られる機会は、それこそ文化祭などのイベントのときくらいなのだ。これは俄然《がぜん》、楽しみになってきた。

「ちなみに、埋まってない枠は何枠目なんだ？」

珍しく話を聞いていたらしく、絵馬《えま》が口を挟む。凛香《りんか》は黙って、右手の五本指をすべて立てて見せた。五番目、つまりハナハナちゃんの次の枠ということだろう。

「だからだろ、誰もやりたがらないの」

「しかもトリ」

「最悪の役満だな」

「え、トリってハナハナちゃんじゃないの？」

人気度的にも知名度的にも、ハナハナちゃんを超える人物は校内ではそうそういないと思うのだけれど……。

「トリじゃない。トリからは外した」

「なんで？」

「私が嫌いだから」

「ちょいちょい職権乱用するよね……。まぁ私は生のハナハナちゃんが見られれば、出番なんていつでもいいけどさ」

しかしその枠に入りたい生徒がいないというのも納得だった。ハナハナちゃんをトリから外したがゆえに人が集まらない。私怨が首を絞めている気がするが、そこに触れないことにした。

とにかく、ハナハナちゃんの直後の出番となれば、少なくとも学園の生徒はみな腰が引けてしまうだろう。あるとすれば、それこそ芸能人や、同じくらいバズっている動画投稿者くらいのものだと思うが……。そんな人がポンポン見つかるとも思えない。

何かいい案はないかとうんうんと頭をひねっていると、

「おい！　体育館でハナハナちゃんがダンスやってるって！」「まじかよ、ゲリラ撮影ってこと？　観《み》に行こうぜ！」「はやく行こうぜ！　いい場所埋まっちゃうって！」

「ハナハナちゃんの生ダンス⁉」

廊下から聞こえてきたとんでもないビッグニュースに、陽菜《ひな》の意識は完全に持っていかれた。慌てて立ち上がり、凛香と絵馬の顔を見る。

「絶対観なくちゃ！　行こ、二人とも！」

「私はパス。嫌いだから」

「絵馬は？」

「私もパスだ。興味がな」

ない、と言い終わる前に、陽菜の手が絵馬の腕をつかむ。

「それなら観たほうがいいよ！　生で観たら絶対好きになるから！　行くよ、絵馬！」

「いや、別に私は好きになるつもりは……ちょ、力……力強いなお前!?」

体育館はすでにかなりの数の生徒であふれていた。男子も女子も同じくらいの数がいる辺り、幅広い層に人気があることが窺《うかが》える。

ハナハナちゃんはすでにダンスを始めていて、スマートフォンから流れてくる軽快な音楽が体育館の中に響いている。

「ほら、あれあれ！　あれがハナハナちゃん！　めっちゃ小顔！　手足なっが！　みて！ほらみて！」

「見てるし知ってるから肩を叩《たた》くな、肩を」

「はぁ～今の動きやっば！　ドラムの音と一緒にパンって！　腕がこう、鞭《むち》みたいにしなったよね！」

「……ったく、なんでわざわざあいつの顔見なくちゃいけないんだか」

絵馬《えま》がぼそりとつぶやいた声は、周囲と陽菜《ひな》の黄色い歓声に呑《の》まれて消えた。

かろうじて絵馬が何か言ったことには気づいた陽菜だったが、ちょうどハナハナちゃんのダンスが佳境を迎えたので、そちらに意識が逸《そ》れてしまった。

「うっわ、今の振付アドリブだ！　小学生の頃からずっとダンス習ってるから、振付も自由自在って感じだね。すごいなぁ、かっこいいなぁ……。あ、ごめん絵馬。さっきなにか

言った？」

「なんにも。それにしてもテンション高いな、お前」

「そりゃそうだよ！　生のハナハナちゃんなんて滅多《めった》に見られないんだもん！　あー、文化祭すっごく楽しみになってきた！」

それから数分経《た》って曲が終わると、ハナハナちゃんはスマホを自分に向けながら決めポーズをして、締めの挨拶にうつった。かなりハードに踊ったはずなのに、息一つ切れていないところもさすがだった。

「と、いうわけで、本日の『告知せずに学校で踊ったら何人見にきてくれるか？』企画、こーんなにたくさんの人が見にきてくれました！　みんな、ありがとー！」

ハイクリアな良く通る声に乗せて、ギャラリーに向かって大きく手を振る。どうやらライブ配信中だったらしく、ハナハナちゃんの持っているスマホには、たくさんのコメントが流れていた。明るいオレンジ色に、たくさんの星柄が散りばめられた派手なスマホカバーが遠くからでも良く見える。

試しにスマホでライブ配信を覗《のぞ》いてみると、同時接続者数は一万人を超えていた。放課後とはいえ、平日の夕方にこれだけの視聴者が集まるのは、ハナハナちゃんの人気のなせる業だろう。

「さ、せっかく集まってきてくれたみなさんに、ちょっとした告知でーす！　実は私ことハナハナちゃんは、青夏祭に出場しまーす！」

　体育館が揺れたのかと思うくらいの歓声があがる。感動のあまり泣き出した生徒もいるくらいだ。事前に凛香《りんか》から知らされていなければ、陽菜《ひな》も同じくらいのテンションで叫んでいたかもしれない。

「やっぱりすごい人気だね。青夏祭も盛り上がるだろうなー！」

「ん？　あぁ、そうだな。すげーよな、ほんと」

「でしょでしょ？　ようやく絵馬《えま》にも、ハナハナちゃんの良さが伝わったかー」

「いや、そういう意味で言ったわけじゃ……ま、いいけどさ」

　絵馬は少し複雑そうな顔で笑うと、スマホを取り出して「そろそろ行くわ」と言った。観《み》たいアニメの時間が近いのかもしれない。引き留めるのも悪いので、絵馬とはここで解散することにした。

　足早に立ち去る絵馬に手を振って、陽菜は再びハナハナちゃんに視線を戻した。

　一緒に写真を撮りたいとせがまれて、嫌な顔ひとつせずに肩を組み、満面の笑みを浮かべている。

　何組も何組も、それが続いた。

「かっこいいなぁ……」

　陽菜は写真撮影の列には加わらず、柵にもたれ掛かってハナハナちゃんのことをぼんやりと眺めていた。

まるで彼女の周囲だけ、キラキラと輝いているようだった。

画面越しに見る女優や俳優を見ているのとはまた少し違う、身近で、ほんのちょっと手を伸ばせば触れる距離にいるすごい人。

(こういう人に抱く感情を、憧れって言うのかな)

胸の奥に生まれたくすぐったい感情をもう少し楽しみたくて、陽菜《ひな》はしばらくその場から動かなかった。

※

体育館から戻った後も、なんだか体がフワフワしていた。高揚感とでもいうのだろうか。とにかく気分が浮ついていた。

教室に戻った後もすぐには帰る気にならず、ハナハナちゃんの動画をぼんやりと眺めていた。

陽菜のお気に入りの動画は「保育園で踊ってみた！」だ。いろんな保育園に出向いて子供たちと一緒に踊るシリーズ作。小さい子に合わせて振付の難易度を下げているらしく、ハナハナちゃんの気配りが素晴らしいと、コメント欄は絶賛の嵐だった。

「すごいなー、ハナハナちゃん。無償なのにここまでできるなんて。保育園の子たちもみんな喜んでるし」

ふと、バックに流れてる音楽に聞き覚えがあったので、スマホで調べてみる。思った通り、絵馬《えま》の好きなアニメの主題歌だった。

「この動画、今度絵馬にも見せてあげよっと。絵馬の好きな曲が流れてるし、きっと喜んでくれるよね」

それで絵馬も興味を持ってくれて、一緒に動画を見られたら最高だ。

絵馬とは小さい頃から仲が良いけれど、趣味を共有したことは一度もない。それが嫌というわけではないのだけれど、もし一緒に楽しめるものが増えたなら、もっとずっと楽しくなるに違いない。

そんなことを考えながら、ハナハナちゃんの動画にいいねを残していると、

「陽菜おねえさんは残酷だねぇ」

耳元でラヴィの囁《ささや》き声が聞こえた。

だんだんと、突然現れるこの子の生態に慣れつつある自分がいた。

何度も同じお化け屋敷に行けば怖くなくなるようなものだ。

だから今回は特段驚かず、そのまま落ち着いて問いかける。

「残酷？　私が？」

「うん、残酷だよ。鬼畜の所業だね。極悪非道って言ってもいい。優しい陽菜《ひな》おねえさんがすることとはとてもじゃないけど思えないよ」

「どういうこと？」

「本人が黙ってるなら僕が口を挟むことじゃないかなぁって思ってたけど……なんか見てられないし、言っちゃうね」

そしてラヴィは窓の外を見て「そろそろ始まった頃かな」とつぶやくと、

「体育館横の倉庫に行ってみなよ。面白いものが見られるからさ」

そう言ってにやにやと陽菜を見つめた。

彼女の意図は分からないけれど……こういう言い方をラヴィがしたときは、必ずなにか、良くないことが起こるのだ。

胸騒ぎを覚えた陽菜は、急いで体育館へ向かった。自然と早足になり、最後のほうはほとんど駆け足だった。

体育館横の倉庫は、普段はほとんど使われていない。以前は体育で使用する用具を収納していたそうだが、体育館が改築されて倉庫が併設されて以降はもっぱら巨大な物置と化している。

だから、人が来ることはほとんどないし、さほど手入れもされていない。

そんな場所に一体何があると言うのか。ラヴィの言っていた「本人」とは誰のことなのか。

不安が募る、嫌な予感がする。

倉庫の扉は開いていた。誰かが開けたのか、それとももともと鍵なんてついていないのか……どちらかは分からなかったが、とにかく陽菜は錆《さ》びついた扉をそっと開いて、中に潜り込んだ。

カビくさく、埃《ほこり》っぽいにおいがする。天窓から入り込んだ光に、大量の埃がキラキラと乱反射していた。

奥のほうから声がする。

物が多いからか、音が遮られてよく聞こえない。

足音を立てないように、慎重に、そっと近づく。

「おい、なんか反応しろや！」

一際大きい音が鳴って、陽菜はびくりと肩をすくめた。

男の人の怒鳴り声。何かが割れるような音。

出所はすぐそばだった。陽菜は物陰に隠れながら、そっと覗《のぞ》き込み、

「っ……！」

慌てて口を塞いだ。あやうく、叫びそうになった。

視界に入ったのは誰かを囲い込んでいる男子生徒たち。ガタイの良さからして、おそら

く高等部の生徒だろう。

そして彼らが囲んでいる中心には一人の女子生徒がいた。陽菜《ひな》はその子のことをとてもよく、知っていた。

二階堂絵馬《にかいどうえま》。陽菜の幼馴染《おさななじみ》が、男子生徒たちに囲われてうずくまっている。

「ほらほら、なんか反応してくれないとつまんないだろ〜。君の大好きなオタクグッズが、こうやって！　目の前で！　ぐちゃぐちゃにされてんだからさぁ！」

乾いた音を立てて、プラスチックケースが割れる。

倉庫に入ったときから聞こえていた何かが割れるような音は、男たちがＤＶＤのケースを踏みつける音だったようだ。

見れば、辺り一面にグッズの残骸が転がっている。

ＤＶＤだけでなく、漫画小説、フィギュアや缶バッチまで。陽菜は絵馬の家に遊びに行ったことがあるから知っている。あれは、絵馬が大切に集めてきたコレクションだ。

「反応ないとつまんねぇなぁ」

「まーまー、まだまだ壊すものはたっぷりあるわけだしさ」

男たちはバッグの中から次々と絵馬のコレクションを取り出して、破り、砕いていった。

フィギュアが地面に投げ出され、パーツが折れる音がする。

イラスト集がケースから出され、粗雑に踏みつけられている。

タペストリーは破ろうとして引き伸ばされ、ポスターは紙くずのように丸められ、どちらも最終的には尖《とが》った廃材を突き立てられていた。

どれも絵馬が大切に保管していたもの。埃《ほこり》が被《かぶ》らないようにとケースに入れ、湿度に弱いからと防湿庫に保管し、紫外線は天敵だと、UVカットの額縁に入れていたものだ。

そのすべてが、見るも無残な姿に変えられていく。

胸が痛い。呼吸が苦しい。体の震えが止まらない。

赤の他人の陽菜がこんなに泣きそうな気持ちになっているのに——絵馬は一言も言葉を発しなかった。いつもと同じ無表情で、目の前の惨劇をただ眺めている。

日常からはかけ離れた光景に頭が追いついていなかった陽菜だったが、いくつ目か分からないグッズが壊されたとき、ようやく認識が追いついた。

止めないと。

物影から飛び出そうとした、その瞬間、

「うーん、いまいち盛り上がらないねぇ」

聞き覚えのある声が、死角から聞こえてきた。

声の主はゆっくりと歩きながら絵馬に近づき、やがて陽菜の視界にその姿が映った。

「なんでそんなに表情変わんないの？　もしかしてドM？」

今度こそ、口から声が飛び出すところだった。

あの人がここにいるわけがない。こんなひどいイジメに関わっているはずがない。

頭はそう否定するのだけど、視覚が、聴覚が、その願望を否定する。

霧辻花華《きりつじはなか》。通称、ハナハナちゃん。

陽菜《ひな》の大好きな動画配信者が、そこにいた。

「ねぇ、なんか返事しなさいよ」

「もう終わりか？」

絵馬《えま》が初めて口を開いた。

「私が持ってるコレクションはこれで全部だ。これ以上壊すもんはないだろ。もう解放してくれ。それで」

絵馬が力なく指をさす。その先には、少しくたびれたキーホルダーがあった。

「さっさとそれ、返してくれ」

「えー、どうしよっかなー」

霧辻はこれ見よがしに人差し指でキーホルダーを回した。あれは、絵馬がいつも持ち歩いていたものだ。亡くなったお母さんが買ってくれた、絵馬が初めて手にしたオタクグッズ。なによりも大切な、絵馬の宝物。

「私の持ってるグッズ持ってきたら返してくれるって約束だろ。コレクションの中には金になるものもあったはずだ。取引としては十分うまみもある」

「うまみねぇ」

首を傾けて、視界をずらすと、霧辻の座っていた椅子の近くに、いくつかグッズが残っていた。あれが絵馬の言うところの、金になるグッズなのだろうか。

「たしかに取引としてはおいしいけど、でも私たちが欲しいのは、そーゆーもんじゃないのよねー」

「どういうことだ」

「私たちが本当に欲しいのは、あんたのその澄ました顔が歪《ゆが》む瞬間なの」

「……は？」

「と、いうことでぇ」

霧辻の両手が、マスコットを捻《ひね》りあげる。

「これは破壊しまーす」

「……っ!?　おい待て、話がちげぇだろ！」

「あは、いいねいいねぇ！　よーやく感情見えてきたじゃん！　さーみんな、押さえ付けてー」

霧辻の合図で、今にも飛びかかりそうになっていた絵馬の体が男たちの手で取り押さえられる。絵馬は必死で抵抗するが、力はまるで敵《かな》わない。

髪は乱れ、服は汚れ、メガネは地面に叩《たた》きつけられ、複数の男が馬乗りになった絵馬の体は、一瞬のうちにボロボロになった。

それでも絵馬《えま》は、抜け出そうと懸命にもがく。もがくたびに顔に傷ができて、その様子を見た男たちが「芋虫みてぇw」とゲラゲラ笑った。

「つまんなかったんだよねー。何されても表情変えない、その余裕ぶった態度が」

霧辻《きりつじ》が捻《ひね》りあげたマスコットがギチギチと悲鳴をあげる。

真逆の方向へ力が加わって、中に詰まった綿が今にも飛び出しそうだ。

「そういう舐《な》めた態度とってるから」

「やめろって！　おい、やめろ！」

「大事なものが壊れちゃうんだよ？」

「やめろぉおおおおおおおお！」

今。

この瞬間。

動かなければいけないと本能が告げていた。

恐怖とか驚きとか動揺とか――憧れとか。

そういう一切合切を掻《か》き捨てて、ただ本能の赴くままに、自分がやるべきだと思ったことに、まっすぐ向き合わなくてはならない。

そう、思った。

「返して、くださいっ！」

霧辻にとって、陽菜《ひな》の存在はまったくの意識の外だったからだろう。

霧辻の手に飛びついた陽菜は、あっさりと絵馬のマスコットを奪取し、そのまま絵馬の前へと転がり出た。

驚いた男たちがとっさに絵馬から離れ、絵馬と陽菜を囲い込む。

周囲を数人の男子生徒に囲まれ、目の前にはそいつらを取りまとめる霧辻がいる。

地獄みたいな場所だと思った。

「陽菜……？　お前、なんでここに——」

「そんなこと、今はいいから！」

マスコットはなんとか奪い返した。あとはどうにかしてここから抜け出せれば……！

「いったん撮影やめるよー」

スマホをスカートのポケットにしまいながら、霧辻が気だるそうに言った。

男たちは動かない。霧辻の命令を待っているのだろうか。

「いらないんだよなぁ、そういう感動的なシーンは。君たしか、さっき体育館で私のダンス見てた子だよね？　熱心に見てたよね〜、私のファン？　サインいる？」

にこにことした人のよさそうな笑顔は、陽菜の知っているハナハナちゃんそのものだった。あのハナハナちゃんが、イジメの主犯だった。その事実を、今も陽菜は正面から受け止めきれずにいる。

「い、いらないです！」

「あーん残念。ファンの子一人減っちゃったかも」

おどけた調子に、男子生徒たちがいやらしく笑った。

その笑い声が癪《しゃく》に障《さわ》って、陽菜《ひな》は大声で食って掛かった。

「なんで、こんなことするんですか……。絵馬《えま》がなにか悪いことしたんですか？　こんなひどいことされるくらい、悪いことしたんですか！」

「別に何も？」

きょとんと、霧辻《きりつじ》が首を傾《かし》げる。

「無表情なオタクいじめるのって面白いじゃん？　バズるじゃん？　ただそれだけ」

「バズる？」

「そ。私、裏アカ持っててね。そこでイジメとか万引きとかの動画あげてるんだー。これが結構人気あってさぁ、たまに表のアカウントよりも反応良かったりするんだよねー」

表のアカウント、というのはハナハナちゃんのアカウントのことだろう。

どうやら霧辻はそれ以外にも、別のアカウントを持っているらしい。今回のいじめの様子は、その裏アカウントで配信されていたということか。

「だからま、インプレッション稼いで憂さ晴らし的な？　さっき表のアカウントであげた動画、伸びが悪くてさぁ。イライラしてたんだよねー」

あくまでにこやかに霧辻は語った。

悪びれもせず、怒鳴りもせず、淡々と。

それがとても、気持ち悪かった。

「無表情なオタクの前でグッズめちゃくちゃにしてみたｗｗっていうシリーズものなんだけどさぁ、もう爆ウケ！　みんな嫌いなんだよね、オタクのこと。分かるーって感じ」

シリーズ。

シリーズと霧辻は言った。

それはつまり、何度も絵馬に同じことをしたということだ。

繰り返し、繰り返し、絵馬を傷つけたということだ。

全身が熱い。

呼吸が荒い。

視界がチリチリと明滅している。

「今回はそのフィナーレの動画でさぁ、せっかく盛り上がってたっていうのに……あんたのせいで台無し」

「こんなこと、許されません」

「おーこわ。許さなかったらどーするの？　先生にでも言いつけてみる？」

あはは、こえーと茶化《ちゃか》す声が周囲からあがる。

何が面白いのか微塵《みじん》も理解できなかったけれど、真面目に取り合ってもらえていないことだけは分かった。

「でもそんなの、誰も信じないよ？　ほら、私って有名人だからさー。謂《いわ》れもない誹謗《ひぼう》中傷を受けまくってきてるわけ。登録者買ってるとか、実は援交してるとか、整形してるとか豊胸してるとか、あとは」

にやり、笑う。

「学校でイジメをしてる、とか」

いつも、何度も動画で見ていた素敵な笑顔。

その笑顔が今、どうしようもなく醜い。

「だからさぁ、たとえあんたがチクったところで、だぁれも信じないわけ。だって私は、有名人だから」

きっと、彼女の言う通りなのだろう。

たとえ陽菜《ひな》が今回のことを訴えたところで、数ある誹謗中傷の一つと捉えられて、まともに取り合ってはもらえないのだろう。

なら、この悔しさは。この言葉にしがたい感情は、黙って飲み込むしかないのだろうか。

運が悪かった、これからは目立たないように慎《つつ》ましく生きよう――そんなふうに自分に言い聞かせて、泣き寝入りするしかないのだろうか。

「もうこんな時間かぁ。そろそろ撮影行かなくちゃ」

ちらりとスマホを確認し、霧辻《きりつじ》は言った。

撮影というのはきっと、ハナハナちゃんのアカウントでのことだろう。

きっとまた、優しい笑顔で、無垢《むく》な子供たちと一緒に踊るのだ。

こんなことをした後で。

「そうそう。あんたの顔、覚えたから。私の楽しみの邪魔したこと、しっかり後悔させてあげるからさ。楽しみにしててね」

そう言い残すと、霧辻たちはあっさりと去って行った。

残された陽菜と絵馬《えま》は、しばらく放心したようにその場に座り込んでいた。

少しして、絵馬が口を開いた。

「ありがとな、陽菜。取り返してくれて」

「そんなの当たり前だよ。当たり前のこと、しただけだよ……。そんなことより！」

陽菜は絵馬の両肩に手を置いた。

ボロボロの絵馬の顔が視界に入って、思わず手に力が入ってしまう。

「いつから、こんなことされてたの？」

「割と最近だよ。今日で三回目とかかな」

あまり気にしていないように絵馬《えま》は言ったけれど、陽菜《ひな》にとっては衝撃だった。

三回。三回もこんなことが繰り返されていたのか。

それなのに自分はまったく気づけなかった。絵馬の友達なのに。

「どうして何も言ってくれなかったの？　一言相談してくれたら、私――」

「言いたくなかったんだよ」

絵馬は少し傷んだマスコットをいたわるように撫《な》でながら、ぽつりぽつりとつぶやくように言った。

「だってお前は、私の趣味を否定しないだろ？　私が好きなもののことを、多分これっぽっちも理解してないけど、それでも私の話を聞いてくれるし、引かない、否定しない。そんなお前に救われてきたんだよ」

何度、自分は絵馬に見せただろうか。

霧辻《きりつじ》の動画を、ハナハナちゃんの動画を。

いったい何度笑いながら見せて、いったいどれくらい、彼女を傷つけたのだろうか。

絵馬の気持ちを思うと、心が締め付けられるように苦しくなる。

胸が、張り裂けそうになる。

「お前が他人の好きなものを否定しないように、私もお前の好きなものを否定したくなかった。ただ、それだけだ」

「絵馬、ごめっ……わたしっ……」

「泣くなよ、大したことじゃない。一番大事なものは、お前が守ってくれたからな」

気づかなかった自分が嫌になる。

無意識に、無遠慮に、絵馬の傷口に塩を塗っていた自分を殴りたい衝動に駆られる。

そしてなにより、

「……行かなくちゃ」

「陽菜？」

「絵馬、ごめん。片づけ、また手伝うから。だから今は」

走り出す。

胸の中で渦巻く感情の名前が分からない。

ドロドロとしていて、薄汚くて、ただ、直視できないほどに醜い。

憧れていた人が最低な人間だったことに対する悲しみだろうか。

友達がいじめられていることに気づけなかった罪悪感だろうか。

霧辻がやった行為への怒りだろうか。

こんなことは許されないという、少しばかりの正義感だろうか。

それとも——自分の不甲斐《ふがい》なさから目を背けるための、逃避行動なのだろうか。

分からない。

分からなかった。

生まれてはじめて感じる、理性で抑えきれないほどに全身を突き動かす、荒々しいまでの衝動の正体が。

ただひとつ、一つだけ分かっている感情は、

「ラヴィ」

あのきらびやかな笑顔の裏に、どす黒い悪意を隠している霧辻《きりつじ》を。

偽善者を。

「お願い。私に力を貸して」

制裁してやりたいという、純粋なまでの、敵意だった。

「待ってたよ、陽菜《ひな》おねえさん」

ラヴィはまるで、こうなることが分かっていたかのように、笑って答えた。

※

「まぁ簡単に言うと、承認欲求モンスターだよ、霧辻は」

放課後のファミレスで、ラヴィと陽菜は作戦会議を立てていた。

議題はズバリ、霧辻をどうやって制裁するかだ。

「みんなにチヤホヤされたくてしょうがない、ってこと？」

「もちろんそれもある。だけど、それだけじゃ絵馬《えま》おねえさんをいじめる理由としてはしっくりこないでしょ」

言われてみれば確かにそうだ。

絵馬をいじめる動画をアップロードしたところで、霧辻本人が持て囃《はや》されることはないだろう。

「ってことは、単純に反応が欲しいってこと？」

「そ。いいねとかコメントとかリポストとか、とにかくたくさんの反応が欲しいんだよ。だからイジメみたいな過激な動画も投稿する」

分からないな、と陽菜は思った。

いいねもコメントも、たくさんもらったところでなんになるというのだろう。ましてや、人をいじめてるような動画についたいいねなんて。

「いいねの数を、拍手の数だと思ってみたら分かるんじゃなーい？」

試しに想像してみた。

いいねひとつで、一拍手。

多ければ多いほど、たくさんの人が自分の動画に手を叩《たた》いてくれる。

霧辻の動画には平均して一万以上のいいねがつく。一万人以上の観客からの拍手。それはもはや、スタンディングオベーション並みの喝采ではないだろうか。それが自分に向けられて放たれる。

あぁ……確かにそれは、少しだけ気持ちがいいのかもしれない。

「だからって、絵馬《えま》にしたことは絶対許せないけど」

「許さなくていいよ。ただ、相手が何に気持ちよくなってるのか。それを知ることは大事だからね」

ラヴィはそう言って、注文したハンバーグを頬張《ほおば》った。口が小さくて、あんまりたくさんは食べられないみたいだ。リスみたいに頬張る姿は、傍《はた》から見ればものすごく癒《いや》される光景だろうと思った。

「霧辻《きりつじ》はSNSの反応を生き甲斐《がい》にしてる。そこから逆算して、霧辻が一番絶望を感じるように罠《わな》にかけて——つぶす」

ラヴィの振りおろしたフォークがハンバーグに思い切り突き刺さる。鉄板とフォークの先が触れ合って、金属が擦《こす》れ合う音がした。

「どう？　最高に楽しそうでしょ？」

「ラヴィ、ご飯で遊んじゃダメ。お行儀悪いでしょ」

「もー、いま一番いいとこだったのにー。陽菜《ひな》おねえさんは真面目すぎるよ」

「ご飯は綺麗《きれい》に食べること。常識だよ」

ふぁーい、と気の抜けた返事をして、ラヴィはちまちまと食事を再開した。
それに合わせて、陽菜も話を戻す。
「プランは分かったけど、問題はどうやるかだよね。ラヴィの情報を整理するなら……ん
ー、ハナハナちゃんの動画を誰も見なくなる、とか？　でもそんなの不可能だよね。チャ
ンネル登録者数五十万人だし……それに裏アカなんかは、いくつも作られたらキリがない
し……」
なかなかいい案が浮かばない。
どうやったら一番、霧辻にダメージを与えられるだろうか。
「ねぇラヴィもなんか案出して……どうしたの？」
「ん？　いやぁ、嬉《うれ》しいなぁと思って」
にこにことラヴィが言う。
「陽菜おねえさんが、偽善者の制裁に積極的になってくれて」
「……別に積極的なんかじゃないよ。ただ、あの人には絵馬にちゃんと謝って欲しいだけ」
それに――これは言い訳になってしまうかもしれないけれど、あの人を野放しにしてお
くのは危険だと思う。
絵馬のような被害者をこれ以上増やさないためにも、霧辻花華《はなか》という承認欲求モンスタ
ーはつぶしておかなくてはいけない。そしてそれは、ラヴィの力を借りられる自分にしか

できないことのように思えた。

「ま、今はそれでいいよ。きっとそのうちハマるからさぁ」

「ハマるってことはないでしょ……第一、私こういうのやったことないし」

「最初は誰だってそーじゃん？　今回は僕がリードしてあげるから、陽菜《ひな》おねえさんは僕の言う通りに動いてくれればいいよ」

「え？　もうプラン決まってるの？」

陽菜の問いに、ラヴィは両手でピースを作って答えた。

「とーぜん。霧辻《きりつじ》の心がベキベキに折れるプランをご用意しておりまーす」

「心が、ベキベキに……」

思い出す。

自分の暴露写真にまみれて倒れていた弧実《こみ》先生のことを。生徒会選挙で化けの皮を剥《は》がされた凛香《りんか》のことを。校長先生の前で罪を暴かれた、東散《ひがしばら》先生のことを。

あんなふうに、なるのだろうか。

「どしたの？」

「ううん、なにも。それで、私は何をすればいいの？」

ためらうな。決めたじゃないか。

どんな手を使ってでも、あの人に痛い目を見せてやるんだって。

必ず絵馬《えま》に謝らせるんだって。

「そうだなー。やっぱりはじめは、宣戦布告だよね」

「宣戦布告?」

「そそそ。陽菜おねえさんには、霧辻に向かってこう言って欲しいわけ。『私と――』」

翌日。

高等部棟二階、渡り廊下。

移動教室で友人たちと楽しそうに歩く霧辻を捕まえる、陽菜の姿があった。

そして霧辻が口を開くより早く、人差し指をピンと立てて霧辻を指さすと、

「霧辻先輩……いえ、ハナハナちゃん!」

少しうわずったよく通る声で、ラヴィに言われた通りの言葉を告げた。

「私と青夏祭で、ダンスバトルしてください!」

※

「みなさーん! 青夏祭は楽しんでいますかー? バードウォッチング愛好会の調査によると、今年の来場者数はなんと一万人を軽く超しているそうです! 大物スターもかくや

なこの集客率！　そんな青夏祭をひと際盛り立てるビッグなイベントが、もうすぐメインステージで始まります！　その名も、『ハナハナちゃんとダンスバトル』！　ハナハナちゃんのファンもそうでない人も、ぜひぜひみなさん、足を運んでくださいね！」

快活な声でアナウンスを終えると、凛香《りんか》は白けた顔でマイクを置いた。

「は～、かったる。なにが楽しくてアナウンスなんてしないといけないんだか」

「ありがとね、凛香。この企画の司会、引き受けてくれて」

「別にお礼言われるほどのことじゃないよ。陽菜《ひな》ちゃんのお陰でステージの枠は埋まったし。それにどーせ生徒会は、文化祭中は何か仕事してないといけないしね。ついでよ、ついで」

それにしても、と凛香が続ける。

「よくもまぁ、こんな無謀な企画考えたよね。霧辻《きりつじ》先輩とダンスバトル。しかも企画二枠分使っての特大版。陽菜ちゃんってそういうキャラだっけ？」

「あはは……まぁ、色々と思うところがあって」

この企画をやるに至った経緯については、凛香にも、そして絵馬《えま》にも話していない。絵馬にいたっては、企画に出ることさえ伝えていなかった。

余計な心配をかけたくなかったし、なんとなく、言ったら止められそうな気がしたのだ。

『私と青夏祭で、ダンスバトルしてください！』

――二週間前。


なけなしの度胸を振り絞った陽菜の宣戦布告を、霧辻は意外にもあっさりと快諾した。

『いいよ。どうせ、あんたが勝ったらあのオタクに謝罪しろとでも言うんでしょ？』

『そ、そうです！　誠心誠意、謝ってください！』

『だからいいよって。その勝負、受けるよ。その代わり、あんたは負けたら何してくれるの？』


予想通りの質問に、陽菜はぐっと唾を飲み込んだ。

直前でバックレられないようにするには、霧辻にやる気を出させるための餌が必要だ。

そして霧辻の性格を考えれば、餌の種類はひとつしかない。

陽菜は事前にラヴィと打ち合わせしていた通りの言葉を返した。

『先輩の動画をバズらせるためになんでもします』

『なんでも？』

『はい、なんでもです』

『あのオタクがされてたこと見たうえで、言ってんだよね？』

『はい。あと、そのオタクって呼び方やめてください。二階堂《にかいどう》絵馬っていう可愛《かわい》い名前があるんです』

『言っとくけど、容赦しないよ？　泣いても叫んでも――むしろ、泣いたり叫ばれたりしたほうが、動画伸びるし』

『くどいです。なんでもするって言ってるじゃないですか。そんなに不安なら、契約書に拇印《ぼいん》でも押しましょうか？』

『ふぅん』

睨《にら》みつける陽菜《ひな》を見て、霧辻《きりつじ》は唇の端を持ち上げてにやりと笑った。今にも舌なめずりしそうな、蛇みたいな笑い方。やがて鮮やかなリップを塗った唇が音もなく開いて、

『いいね、最高じゃん』

満足そうにそう言った。

「はぁ……胃が痛いなぁ……」

舞台袖からも分かるくらいに、人の熱気が伝わって来る。おそらくステージは超満員、観客の数は百や二百じゃないだろう。舞台に立った自分を想像するだけで、胃の辺りがきゅうっと痛んだ。

ただでさえ人前で踊るなんて恥ずかしいのに、企画の内容はバトル、しかも相手はあの超有名ダンサーのハナハナちゃんだ。昨日の夜から……いや、三日前の夜くらいから、ろ

くに食事が喉を通らなかった。

「そんなになるなら、辞めりゃいいのに。今からでも辞退したら？　霧辻先輩一人でも、フツーに盛り上がるでしょ」

「心配してくれてありがと。でも、そういうわけにもいかないんだ」

緊張はしている。胃は痛いし、気は重いし、ろくに睡眠もとれていない。

それでも——辞めるつもりはサラサラない。

絵馬《えま》を傷つけ、いたぶり、あまつさえ彼女の一番大切なものを壊そうとしたその罪を、霧辻には償ってもらわなくてはいけないから。

「そうそう、つまんないこと言わないでよ、凛香《りんか》おねえさん。せっかく盛り上がってきたんだから、今更やめるなんてあり得ないよ」

「ラヴィ！　もう、どこ行ってた……の……」

この企画の発案者であり、頼みの綱でもあるラヴィの声が聞こえて、陽菜は急いで振り返り——そして言葉を失った。

頭にはゆるキャラのお面をつけ、右手にりんご飴《あめ》を、左手にたこ焼きと焼きそばとイカ焼きを持ち、どこでもらってきたのかも分からない手作り感満載に「Welcome!!」と書かれた首飾りをつけている。

服装もいつもの制服ではなく、出会ったときのパンクな服に着替えていて、学園祭をエンジョイしていたことが見るだけで分かった。

朝から姿が見えないと思っていたら、ちゃっかり青夏祭を回っていたようだ。

「めちゃくちゃ楽しんでるじゃん」

「だって今日はお祭りなんでしょ？　楽しまなくちゃ損じゃん」

「それはそうだけど……」

三日前から何も食べてない自分がバカみたいに思えて、陽菜《ひな》は思わずため息をついた。

どうやらラヴィには緊張とか尻込みとか、そういう概念はないらしい。

「陽菜おねえさんもなんか食べなよ。はい、あーん」

脱力したまま口を開けると、ころんとたこ焼きが転がり込んでくる。

すっかり冷めたソースたこ焼きをもちゃもちゃと咀嚼《そしゃく》すると、中からドロッとキャラメルが流れ出てきた。さすが文化祭、何でもありだなぁ……。

「そろそろ時間。二人とも準備はいい？」

スタッフの動きが慌ただしくなり始めた。

機材の調整をする人、インカムで連絡を取り合う人、それぞれが自分の仕事をして、企画を進行していく。

いよいよ、始まるんだ。

ソワソワが止まらなくて、スカートの下に穿《は》いたジャージを意味もなくつかんだ。

ラヴィと会話して少し収まっていた心臓の鼓動が、また強く拍動を始める。うまく息ができない。周りの酸素が消えてしまったみたいだ。

反対側の舞台袖のほうに、ちらりと霧辻《きりつじ》の姿が見えた。

スタッフと会話をしている。笑みをこぼす余裕すらあるようだった。

それに比べて、私は――

「大丈夫だよ、陽菜おねえさん」

体につけた色々な学祭エンジョイセットを外しながら、ラヴィが言う。さすがに本番にまで持ち込む気はないようで、なんだか少しほっとする。

残ったのは陽菜と出会ったときに着ていたパンクな服。最初に見たときは派手すぎて面食らったものだけど……ダンスの舞台で見ると、とてもしっくり馴染《なじ》んでいた。

「僕の作戦通りにやれば、絶対に負けないからさ。陽菜おねえさんは練習通りにやればいいよ。リラックスリラックス」

そう言うと体をほぐすように、うーんとひとつ伸びをした。

まるで緊張しているように見えない呑気《のんき》なしぐさに、思わず苦笑いがこぼれてしまう。

「どこから来るの、その自信？」

「自信とかじゃないよ」

司会の凛香《りんか》が陽菜たちの名前をコールした。

舞台の向こうで歓声が沸く。

空気が震え、耳鳴りがする。気圧《けお》されるほどの音圧に、身がすくみそうになる。

だけど、

「ただの事実」

そう言ってラヴィが意気揚々と歩き始めたから、不思議と足はすくまなかった。


『ハナハナちゃんとダンスバトル』のルールはこうだ。

バトルが始まると曲が流れ始めるので、陽菜《ひな》たちはそれに合わせて思い思いのダンスを踊る。時間は一曲あたり約五分で、それが三セット。

一セット終わるごとに集計タイムに入り、観客はスマートフォンから霧辻《きりつじ》と陽菜たちのどちらかに票を入れる。三セット目が終了した時点で総得票数が多いほうが勝利となる。

実にシンプルだ。

唯一変わった点があるとすれば、このダンスバトルはネットでも配信されていて、青夏祭に来ていない人間でも票を入れられるというところだ。ネット配信はステージ上からでも確認できるようにモニターが設置されていて、リアルタイムでコメントが流れてくる仕組みになっている。

観客席とネット越しの視聴者。そのどちらをも魅了するダンスを踊ることが、勝利へのカギとなる。

「チャレンジャーとハナハナちゃん。準備はよろしいでしょうか？」

チャレンジャーというのは、陽菜とラヴィのことだ。

司会の呼びかけに霧辻はひらひらと笑顔で手を振り、陽菜は黙って頷《うなず》いた。

ちらりと、ステージの逆側に立つ霧辻の様子をうかがう。いつも配信で着ている黒いスウェットパンツと、黒いパーカー。被《かぶ》っているキャップも黒くて、ぱっと見の色味は重めの印象を受けるのだけど、クロップドトップスの下から垣間見《かいまみ》える素肌がまぶしいくらいに真っ白で、自然と目を引くコントラストを成している。

魅力的だ、そこに立っているだけで。

対する自分は……と、目線を落とす。いつもの制服にいつものジャージを穿《は》いただけ。体育の授業から抜け出てきたような、普通の服装。見劣りしているのは明らかで、そこに引け目を感じないと言えば嘘《うそ》になる。でも――

(私は、これでいい。普通でいい)

そう自分に言い聞かせる。

幸いにもラヴィが派手な服装で来てくれたので、見栄え的には負けてないだろう。

大丈夫、大丈夫だ。

呼吸を整える。

やれること、全部やろう。

「それでは参りましょう！　ミュージック〜、スタート！」

ステージに設置されたスピーカーから聞きなれた音楽が流れ始める。

音楽が流れてきた瞬間、観客席が沸いた。モニターには「来た！」「いきなり神曲ｗｗ」などの文言が流れ、霧辻《きりつじ》は一瞬「おや？」という顔をした。

それもそのはず、流れてきた「Cry may for fly」は霧辻の十八番《おはこ》ともいえる超有名曲だ。

企画で勝負するに当たって、凛香《りんか》を通してお願いしていたことがある。

それは企画で使う三曲をすべて、ハナハナちゃんが投稿動画で使った曲にすることだ。

霧辻と違い、陽菜《ひな》はダンスを習ったことはない。あくまでハナハナちゃんの動画を見て、見様見真似《みようみまね》で踊っていただけ。

つまり、動画で見たことがあるダンスは模倣できるが、それ以外の曲に即興でダンスを合わせることはできない。

（曲をこっちで決めちゃうなんてちょっとずるい気がするけど……霧辻先輩にとっても踊りやすい曲だからいいよね？）

Cry may for fly はハナハナちゃんの動画の中でも一位二位を争うレベルで再生されている。当然陽菜も聴き込んでいたし、ダンスも頭に入っていた。

（よ、よし。思ったよりも踊れてる、かも！）

モニター上のコメントも「相手の子、意外と上手《うま》くない？」「悪くないね」と好意的だ。

ここまで目立ったミスなく踊れているのは、陽菜にとって奇跡に等しかった。

ステージ上で踊るのは、いつも鏡を見ながら踊っているのとは別次元で勝手が違った。

自分が正しく踊れているのか、手の位置はおかしくないか、振付は間違っていないか、不恰好《ぶかっこう》な部位はないか。そういう諸々《もろもろ》が確認できないという不安は、踊っている最中ずっと付き纏《まと》う。

そしてその不安の有無は、パフォーマンスにも影響する。

「さぁみんな、盛り上がっていくよー！」

マイクを通して霧辻の通った声が響き、会場のボルテージが一段上がる。

会場の目線のほとんどは、霧辻に向けられていた。

霧辻のダンスには余裕があった。観客を見て、時に直接呼びかけて、視線を自分に集中させる。ダンスを間違わずに踊ることでいっぱいいっぱいの陽菜にはできない芸当だった。

数百人の観客が巻き起こす手拍子や歓声。そのすべてが目と鼻の先で生まれているのに、自分の元にはちっとも届いていない。

勝負をするためにステージに上がっているはずなのに、バックダンサーとして黒子に徹している。そんなふうに、錯覚した。

（このままじゃダメだ……なんとかしないと……！）

しかし陽菜《ひな》にはどうすることもできなかった。練習通りに踊るのに精一杯で、アドリブを入れる余裕はない。

だから、この状況で戦いの趨勢《すうせい》を変えることができるとすれば、それは――

（ラヴィ、お願い！）

一回目のサビに差し掛かる。

背後に控えていたラヴィが、ようやくここからダンスに加わる。

流れを変えるなら、ここしかない。

予定通りサビのワンフレーズ目に入った瞬間、ラヴィがステージ上に躍り出て、

「ふぎゃっ」

盛大にすっ転んだ。


思ったよりも踊れるな、というのが、霧辻《きりつじ》が周藤《しゅうとう》陽菜に抱いた感想だった。

振付のミスもないし、体捌《たいさば》きも意外にも堂にいっている。

なにより、しっかりと音楽を聴いて踊っているのがポイントだ。初心者は振付を追うのに必死になってしまい、音楽に合わせる作業が疎《おろそ》かになってしまう。素人のダンス動画が上滑りして見えるのはこれが原因だ。

意外なことに周藤陽菜のダンスは様になっていた。ドラムの音に合わせた腰のバンプが

拍子遅れになっていないことからも、相当踊り込んでいることがうかがえる。

（まぁそれだけじゃ、私には勝てないけどね）

ステージ上のダンスで大切なのはパフォーマンスだ。ただお行儀よく踊っているだけでは面白くない、観客を魅了できない。

時に観客に呼びかけ、ウィンクを送り、少し大袈裟《おおげさ》なくらい振付を大きくして、自分という存在をアピールする。

こぢんまりとまとまっているお行儀の良いダンスなど、長年ダンス配信をしている霧辻の敵ではなかった。

ただ一つの問題は、

（なんなのあの子……？）

周藤陽菜が連れてきた、ラヴィとかいう少女の存在だ。

見栄えはいい。顔の造形はもちろんだが、小柄ながらスラリと伸びた手足は大衆に紛れていたとしても目を引くだけの魅力がある。

だが、ダンスが下手だ。

とてつもなく、それはもう、目も当てられないほどに下手くそだ。

サビで入ったかと思えば盛大にずっこけて、その後もモタモタと手足をばたつかせては、ダンスの形にもなっていない奇怪な動きを続けている。

下手だ、ものすごく。見ていると身体中《からだじゅう》が痒《かゆ》くなるほどに。

けれど……この企画においては、その下手さが武器になっている。

「第一セット終了ー！　ポイントの集計結果が出ました！　結果はこちらです！」

目の前のモニターに集計結果が映し出された。

ハナハナちゃん　１５２６ｐｔ
チャレンジャー　９５２ｐｔ
思わず舌打ちしそうになり、グッと堪《こら》える。

思ったよりも差が離れてない。その事実に無性に苛立《いらだ》った。

おそらく、周藤陽菜《しゅうとうひな》一人だけであればもっと大差が開いていただろう。これだけポイントが入っているのは、ひとえにラヴィとかいう、あの少女の存在が大きかった。

カラクリは簡単だ。あまりにも、突き抜けるほどに下手くそなダンスは、逆に観客の視線を引いたのだ。

そしてラヴィの隣で踊っている周藤陽菜のダンスは、相対的にうまく見える。ラヴィの容姿と、周藤陽菜のそつのないダンス。この取り合わせこそが票が入った原因だろう。そこに加えてこの少女は、

「さて、第二セットに行く前にコメントを聞いてみましょうか。ラヴィさん、いかがですか？」

「えー、ちょっと投票少なくなーい？　僕がこんなに頑張ってるんだから、もっと応援してよね」

自分の売り方がうまい。

人形のような可憐《かれん》な見た目に反した生意気な口調に、僕という一人称。これだけキャラの濃い可愛《かわい》い子が踊っていれば、たとえ下手くそでも応援したくなる。

霧辻《きりつじ》のファンの男女比率は３：７。おそらく向こうに票を入れたのはほとんどが男だろう。

元々捨て票のようなものだ。仮にすべての男性票が向こうに入ったところで、女性ファンの多い霧辻には怖くもかゆくもなかった。

だが……登録者数五十万超えの超有名ダンサーが、素人相手に苦戦を強いられているなど、プライドが許さない。

（あんたたちの作戦はもう見抜いた。第二セットからは突き放すから）

第二セットの曲が流れ始める。

曲名は「Rabbit punch」これも霧辻が何度も動画であげたことのある曲だ。

（やっぱりね）

周藤陽菜は間違いなく自分のファンだ。何度も動画を見て、時には振付を真似《まね》してみたこともあったのだろう。だから霧辻が動画で使っていた曲であれば、周藤陽菜は踊ることができる。

霧辻《きりつじ》は、そう確信した。

（事前に企画の子にお願いして使って欲しい曲を打診したのかな。必死になって勝とうとして……可愛《かわい》いじゃん？）

ラヴィの下手なダンスといい、曲の選定の仕方といい、相当作戦を練り込んできている。付け焼き刃にしては大したものだ。

だけど、そんな小手先の技が通用するのもここまでだ。

サビの手前、転調が入る瞬間を狙って——霧辻はステップを変えた。

モニターに流れるコメントが、すぐさま反応する。

「アレンジ来た！」「このステップ今まで見たことない！」「ぶっつけ本番でアレンジ入れるとかやっぱハナハナちゃん神すぎ！」

幼稚園の頃からダンススクールに通い、中学二年から動画投稿を始め、それからは毎日のように踊ってきた。自分が動画で踊っている曲であれば、アドリブでアレンジを入れることくらい造作もない。

動画とまったく同じ振付を続けるだけでは、観客は飽きる。第一セットはダンスバトルという新鮮さがあったが、それも第二セットからは薄れてくる頃合いだ。ここからは、より観客の興味を引くパフォーマンスをできたほうにポイントが入る。

（猿真似《さるまね》しかできないあんたたちには、ここからはロクにポイントが入らないってわけ。ご愁傷様。あとは私の独壇場だから、あんたたちはステージの端で指でもくわえて眺めてれば――）

そのとき、会場がどっと沸いた。

妙だと思った。霧辻はまだ、次のアドリブを入れていない。つまり、この歓声は自分に向けて放たれたものではない。

だとしたら――

（……っ!?）

視界の端で、周藤陽菜《しゅうとうひな》の体が舞っているのが見えた。

「Rabbit punch」にはあり得ない振付――バク転をしている周藤陽菜の姿が、そこにはあった。

ワンポイント・アレンジ。

ダンスに精通していない陽菜にできるのは、せいぜいハナハナちゃんのダンスの完コピが関の山。けれど、そのまま踊っただけでは、観客を喜ばせることはできないだろう。

やはり勝つためには、既存の振付にはないアレンジが必要だ。

だから陽菜は一つだけアレンジを練習した。それもとびっきり派手で、観客の目を引いて、ステージの上で映える振付。それが、バク転だった。

(や、やったぁ！　成功した！)

霧辻《きりつじ》に勝負を挑んでから本番まで僅か二週間。その間、ひたすらバク転の練習をし続けたけれど、ダンスに自然に組み込むことができたのは三日前。成功率が半分を超えたのは、つい昨日のことだった。

(怖かった怖かった怖かったぁ……！　失敗したらどうしようかと思った！)

曲が終わり、肩で息をしながらポーズを止めると、観客から割れんばかりの歓声があがった。

すぐに集計が行われ、得票数が発表される。

「さぁ、盛り上がってまいりました、第二セット！　結果を発表します！　ポイントは第一セットとの合計で表示されますよー！　結果は～、こちらっ！」

ハナハナちゃん　２８３４ｐｔ
チャレンジャー　２５６７ｐｔ
(よし、いい感じ！)

まだポイントは負けているけれど、それでもかなりの接戦に持ち込めている。

第二セットまでの展開は、事前にラヴィが言っていた通りになっている。

このままいけば——勝てる。

その差、わずか３００pt足らず。まさかここまで追い詰められるとは思ってもみなかった。

霧辻の予定では、第二セットではダブルスコアをつけて点差を突き放し、第三セットは敗北を悟った陽菜《ひな》たちの絶望に満ちた顔を眺めながら余裕で勝負を決めるつもりだった。

次が最終セット、どうやら舐《な》めプをかます余裕はなさそうだ。

それでも――霧辻は自分の勝利を確信していた。

(そろそろ他の学校は放課後になる時間かな)

モニターに映ったライブ映像の視聴者数が徐々に、けれど確実に伸びているのを眺めながら、霧辻はほくそ笑んだ。

今日は平日、学祭のある聖華《せいか》学園と違い、他の学校は普通に授業をしている。第一セット、第二セットは、丁度六限目の授業と重なり、見られなかった生徒も多いだろう。

(私のファン層のほとんどが中高生。ここから私のファンの視聴数が増えれば、自動的に票数も増える。この時間帯に企画が開催された時点で、私の勝ちだったたってわけ)

霧辻の思惑通り、モニターを流れるコメントに熱がこもり始める。

「ようやく見れた！」「もう第三セット？　次は絶対投票する！」「これアーカイブないのかな？」「ハナハナちゃん頑張れー！」

第三セットの曲が流れ始める「I will remember me」。

霧辻《きりつじ》は勝利を確信する。霧辻が出しているダンス動画で、最も再生回数が多い曲の一つだった。この勝負、もらった。

満面の笑みを浮かべ、体中から自信をみなぎらせ、最初の一音と共にステップを踏んだその瞬間。


「勝った、とか思ってるんでしょ」


あらゆる喧騒《けんそう》を引き裂いて、可憐《かれん》な少女の声が耳朶《じだ》を震わせた。

ダンスへの集中力が途切れた、その一瞬——霧辻は見た。

美しいバク転で曲に入る、二人の少女の姿を。

(……なんで)

縦横無尽にロールする二人の姿を、思わず目で追ってしまう。

(なんであんたまでバク転してんのよ！)

さっきまで下手くそなダンスを踊っていたラヴィの劇的な変化に、観客席が沸いている。

バク転だけではない。ステップ、ターン、ウェーブ、あらゆる振付のキレが段違いに上がっていた。

（まさかあいつ、ここまで手を抜いてたの？）

これだけのダンスを見せつけられれば、嫌でも分かる。ラヴィという少女は、第二セットまではわざと踊れないフリをしていたのだ。今、この瞬間、最も効果的なタイミングで、観客を沸かせるために。

会場のボルテージが上がっていく。モニターを流れるコメントの速度は天井知らずだ。にもかかわらず、会場の目線のほとんどは、二人の少女に向けられていた。数百人の観客が巻き起こす手拍子や歓声。そのすべてが目と鼻の先で生まれているのに、自分の元にはちっとも届いていない。

疎外感にも似た焦燥が胸の奥でチリチリと爆《は》ぜる。

ふざけるな……ふざけるなふざけるなふざけるなっ！

この私を差し置いて、会場を盛り上げるな！　観客の視線を独占するな！　歓声を一身に浴びるな！

私以上に——目立つなっ！

「あっ」

しまった、と思ったときには、既にことは終わっていた。

ステップのミス。

それも、ただのミスではない。

足がもつれた上での転倒。

霧辻《きりつじ》の体は無様にステージ上に叩《たた》きつけられ、そのまま顔面をしたたかに打ち付けた。

それと同時に、曲が終わる。

第三セット、終了。

会場は見事なダンスを踊り切った周藤陽菜《しゅうとうひな》たちへの歓声と、らしからぬミスをした霧辻への どよめきで混沌《こんとん》とした様相を呈していた。

ステージ上で茫然《ぼうぜん》と伏しながら、霧辻は結果のアナウンスを聞いていた。

「第三セット終了です！　ポイントはこちら！」

ハナハナちゃん　３９２４ｐｔ
チャレンジャー　５５２９ｐｔ
「なんとなんと大番狂わせ！　勝者は——チャレンジャーです！　みなさん、盛大な拍手をお送りください！」

視界に煽《あお》られ、会場が歓声一色に包まれる。

その熱気から逃げるように、霧辻はステージ上から姿を消した。

※

胸の奥でドス黒い感情が燻《くすぶ》っている。

人気《ひとけ》のない体育館裏にかがみ込んで、霧辻はじっとスマホの画面を見つめていた。

さっきまでステージ上で行われていたダンスバトルの企画、そのアーカイブが、ネットにアップロードされていた。

「ハナハナちゃん、衝撃の敗北!」「この二人のダンスやばくない? ユニット組んでるのかな?」「調べても詳細全然出てこない! バク転超いけてる!」

ない。

ない、ないないないないない!

どれだけ調べても、映っているのは周藤陽菜とラヴィばかりで、ハナハナちゃんが取り沙汰されている動画はほとんどなかった。

唯一切り抜かれている動画に映っているのは第三セットのラストで盛大にこけたシーン。「ハナハナちゃん、無様にこけるｗｗｗ」というタイトルで揶揄《やゆ》されたその動画はすでにネットのおもちゃになっていた。

これまでハナハナちゃんの躍進をよく思っていなかった人間たちが、水を得た魚のように飛び回っている。

「天罰下ったんじゃん?」「素人だしこの程度でしょ。みんな持ち上げすぎ」「下級生にダンスで負けるインフルエンサー(笑)」

噛《か》み締めた奥歯がギリギリと嫌な音を立てた。

ダンスバトルで負けたことも、クソアンチがネットでイキっていることももちろん腹立たしい。だけどなにより、自分が映っていない動画がバズっていることが許せなかった。自分がそこにいたのに、自分にスポットライトが当たらずに、自分以外の誰かが賞賛を浴びている。はらわたが煮えくり返って仕方がなかった。

早く、このドス黒い気持ちを発散しなくては。

幸いにも、こういうときのためにストックしている弱者はたくさんいた。

あとはあのオタクのときのようにいたぶって、いじめて、裏アカに投稿すればこの鬱屈とした気持ちも少しは晴れるだろう。

霧辻《きりつじ》はスマホを消し、周囲を見回す。

「おっそいなぁ、あいつら……早く来てよ」

「誰を探してるの？」

その声には聞き覚えがあった。

ダンスバトルの第三セットが始まった瞬間、あらゆる喧騒《けんそう》をかき分けて耳に届いた、やけに耳に残る砂糖菓子のように甘ったるい声。

「……なんであんたがここにいるのよ」

「そりゃもちろん、おねえさんの顔を見にきたんだよ。おねえさんってば、ダンスバトルが終わった瞬間ステージからいなくなっちゃうからさぁ、見られなかったじゃん」

背後から回り込んだラヴィが、霧辻の顔を覗《のぞ》き込む。

「負け犬のなっさけない顔をさ」

可愛《かわい》らしい唇から、暴言が流れ出る。ヘドロのようにあふれたそれは、霧辻の耳に入り込み、鼓膜の上で油膜を張る。

「ねぇねぇ、今どういう気分なの？　ダンスなんてろくにやったことのない素人に、ファンの目の前で負けるのってどんな気分？　黙ってないで教えてよ。僕だったら恥ずかしくて二度と動画投稿とかできないと思うんだけど、おねえさんはそういうの気にしない人？　いいなぁ厚顔無恥な人はお気楽で。そんだけ面の皮が厚かったら化粧もしなくていいんじゃない？　あ、そうそう忘れるところだった」

「約束通り、絵馬《えま》おねえさんに謝罪しろよ」

我慢の限界だった。怒りのボルテージがかつてないほどに上がっている。

決めた、今決めた、今日の獲物はコイツにする。この可愛い顔した性悪をぐうの音も出ないほどに痛めつけて、泣いて叫んで謝り倒す様を動画に収めて拡散しよう。

だから、

「調子乗ってんじゃねぇぞクソガキがぁ！」

蹴り飛ばす。

当たったのか分からないほどに軽々と、ラヴィの体は吹っ飛んだ。見た目通り華奢《きゃしゃ》な体をしてるらしい。壁に激突し、ずるずるとその場に崩れ落ちるラヴィの姿を見て、霧辻《きりつじ》は胸の中いっぱいに広がる愉悦を感じた。

「おーおー、もうはじめてんのか？」

見計らったかのようなタイミングで、校舎の陰からガラの悪い男たちが現れる。

霧辻の呼んだ取り巻きたちだ。

「遅かったじゃん」

「人が多かったんだから仕方ねぇだろ。それより、今日はコイツか？」

「そ。お好きなようにどうぞ。私はいつも通り撮影してるからさ」

霧辻はそう言うとスマホを操作し、配信を開始した。

ここから先、霧辻自身は映らない。あくまで撮影者として、目の前で繰り広げられる残酷なショーを配信するのだ。

人がいたぶられる様子を好んで見る人間はどこにでも、そして想像しているよりも遥《はる》かに多く存在している。

霧辻が裏アカで配信を開始すれば、たちまち数千人の視聴者が駆けつける。そして配信は視聴者たちによって切り抜かれ、何万、何十万という数の人間に再生される。

結局のところ、人間というのは他人の悲劇が好きなのだ。

踊って、歌って、毎日企画を考えて、必死に編集した動画よりも、ただ目の前のクソガキを蹴り飛ばす動画のほうが圧倒的に早く、多く、再生される。

だから霧辻は、ハナハナちゃんとしての動画がうまくいかなかったときは、こうしてストレスを発散する。

手っ取り早く、インスタントに、自虐心と承認欲求を満たす。

それがたまらなく気持ちよかった。

いま、目の前の少女が大柄な男たちに蹂躙《じゅうりん》されている。

羽交い締めにされ、蹴られ、殴られ、身体中《からだじゅう》に傷を作って、ぐったりと首を垂れている。

その様があまりにも愛《いと》おしくて、霧辻はカメラをグッと寄せた。

乱れた髪が砂と汗にまみれて頬《ほお》に張り付いている。

真っ白な肌を傷跡が蹂躙する。

桃色の唇からヒューヒューと苦しそうな息遣いが聞こえてくる。

そして、人形のように美しい瑠璃色の目が、

「ダメじゃんおねえさん」

霧辻を見て、楽しそうに踊っていた。

「撮影するときは、ちゃんと場所を考えないと」

「は？」

どういうこと？　と口にしようとしたとき、取り巻きの男が声をあげた。

「おい、やべぇって！　早く配信閉じろ！」

さっきまで意気揚々とラヴィをいたぶっていた男たちが、慌てた様子で霧辻《きりつじ》に言う。中にはすでにその場から逃げ出している男もいた。

意味が分からなかった。

いったい、なにが――

「映ってんだよ！　俺らの顔が！」

「――ッ！」

言われて、気づく。

ラヴィの後ろの窓ガラス。カーテンが閉め切られ、鏡のようになったそれに、霧辻たちの顔が反射していた。そしてラヴィを撮影していたスマホは当然、その窓ガラスを映していた。

コメント欄がざわめいている。

『配信者顔映ってるよー』『迂闊《うかつ》すぎて草』『人生終了』『祭りの予感』『結構可愛《かわい》くね？』『女子ってこえー』『みんなで炎上させようぜ』『あれ、てかさぁこれ――』

『ハナハナちゃんじゃね？』

慌てて配信を終了し、スマホの電源を落とす。

意味もなくポケットにスマホを突っ込み、周囲を見渡した。

取り巻きの男たちは「俺は知らねぇからな！」と捨て台詞《ぜりふ》を残して走り去っていく。あまりにも薄情な行動に文句の一つも言いたかったが、既にこの場には誰もいない。

取り残されたのは霧辻と、ボロボロになったラヴィだけだ。

「あは、見てよおねえさん。面白いことになってるよ？」

ラヴィはスマホを取り出し、楽しそうに画面を見せた。

映っていたのはＳＮＳのタイムラインだった。

『ハナハナちゃん、裏アカで過激なイジメ？』

『有名美人配信者の裏の顔』

『拡散希望！　こんなことは許せない！』

さまざまな文章と共に、さっきまでの配信の切り抜き動画が貼り付けられていた。

動画はとんでもない速度で拡散されて、霧辻が瞬《まばた》きをする一瞬の間にもその数を増していった。

『ありえない』『ハナハナちゃん好きだったのに……』『このアカウント他にもエグい配信してんだけど。みんな見て』『魚拓取れ魚拓！　消される前に！』

「やめて……」

『こんなことして表のアカウントでキラキラダンス踊ってたとか闇深すぎ』『てかこの制服聖華《せいか》学園じゃない？』『ほんとだ、妹が通ってるから間違いないよ』『あぁ、さっき文化祭の動画配信してたし確定だね』

「やめて……」

『学校特定乙』『誰が電凸してよ。抗議の電話入れようぜ』『コイツの人生終わったな』『大学入試も就活も通りませんね。おつかれさまでした』『無様すぎて飯がうまい』『頑張ったら住所特定できそう』『みんなで学校の前で張り込もうぜ！』

「やめてぇぇえええええ！」

止まらない。

拡散が止まらない。

動画はコピーされ、消しても消しても名前も知らない誰かに投下され、決して消えることのないタトゥーとなって残りつづける。

終わった。文字通り、すべて、終わってしまったんだ。

脱力し、紐《ひも》の切れた操り人形みたいに崩れ落ちた霧辻《きりつじ》を、ラヴィが見下ろしている。

あれだけ体格が違う男に暴行を受けたのに、苦悶《くもん》の表情ひとつ浮かべず、ニヤニヤとした笑みを浮かべてこちらを見ている。そのことが、ただ純粋に怖かった。目の前にいるのはただの少女ではなく、得体の知れない怪物のような気がした。

「えーっと、こういうときなんて言えばいいのか、よく分かんないけどさ」

そしてラヴィは、霧辻の顎を膝で持ち上げて、両手で顔面を包み込んで、まるでご馳走《ちそう》を目の前にしたような表情で——言った。

「バズってよかったね、おねえさん」

※

「このたびは自分の自己顕示欲のために二階堂絵馬《にかいどうえま》さんを傷つけ、絵馬さんの大切な宝物をいたずらに破壊したこと、本当に申し訳ありませんでした……」

スマホに映った霧辻の謝罪動画を見終わると、絵馬は深くため息をついて陽菜《ひな》たちを見た。

「で、これ撮るためにダンスバトルなんて無謀なことしたわけか？」

「ま、まぁそういうことになる、かな？」

まさか霧辻先輩がここまで深々と謝罪するとは思ってなかったけど……と陽菜は心の中

で付け足した。

ダンスバトル後、沸きに沸いた観客たちに揉《も》みくちゃにされていた陽菜《ひな》は、霧辻《きりつじ》とラヴィの姿を見失ってしまった。ラヴィを見つけ、この動画を見せられたのは、探し始めてから一時間ほど経《た》った後だった。

一体どうやってあの霧辻にここまでの謝罪をさせたのか気になるところだが、ラヴィは「心配しなくてもそのうち分かるよ」の一点張りで、詳しくは教えてくれなかった。

とにかく、目的を達成した陽菜は霧辻の謝罪動画を引っ提げて絵馬《えま》に会いに行ったのだが……。

「ばっかじゃねぇの」

当の絵馬は大層ご立腹のようだった。

「別にあんなやつの謝罪なんていらねぇよ。そもそも、大事なもんはお前が取り返してくれたしな」

「だ、ダメだよ！　あんなことされて、そのまま野放しにしとくなんて！　悪いことしたら、謝るのが筋ってやつでしょ？」

「それでお前が危険な目に遭ってたら元も子もないだろうが。まさか自己犠牲は厭《いと》わないとでも言うつもりじゃないだろうな。お前は、聖人にでも、なった、つもりか？」

「いでっ、いでっ、いでっ、いでっ」

絵馬のチョップが脳天を叩《たた》いた。

四回も。単語を区切るたびに一回ずつ。結構痛い。

「どうせ霧辻のことだから、お前が負けたら動画の素材になれーとか言ってたんだろ？」

「それは……」

図星だけに何も返せない。

頭をガードしながら様子をうかがっていると、絵馬はチョップを繰り出さず、あきれたように目を細めた。

「私のせいでお前まで酷《ひど》い目に遭ったら、それこそ寝覚めが悪いだろうが。ちょっとは考えろよな」

「ご、ごめん……」

確かにそうだ。軽率だったと反省する。

絵馬が酷い目に遭っているのを見て、こんなことは許されない、絶対に痛い目に遭わせなくちゃいけないと、心がささくれ立ってしまっていた。絵馬自身の気持ちも考えずに。

「まぁでも」

絵馬は陽菜のほうは見ないまま、ぽりぽりと頬《ほお》をかきながら言った。

「逆の立場なら私も同じことしたかもな」

「へ？」

「だから、お前がもし霧辻《きりつじ》にいじめられてたら、私もあいつに吹っ掛けてたってことだよ。ダンスバトル」

絵馬《えま》がダンスバトル……？

「ぷっ……」

普段から体育の授業でもロボットみたいにカクカクしたダンスを踊っていることを知っているだけに、悪いとは思いながらも噴き出してしまう。

「あははは！　あはははははは！　絵馬がダンスバトルはさすがに無理があるよ！」

「わ、笑うなよ！　ここは感動の友情シーンだぞ！　見開きバーンで、トーンマシマシで、画力が限界突破したスーパー漫画家が描くみたいなだなぁ……」

「もー、なに言ってるか全然分かんないよー」

笑いすぎて浮かんできた涙を拭いながら、陽菜《ひな》は思う。

たしかに自分のしたことは、意味がなかったかもしれない。

絵馬の中ではケリのついていた問題を、自分が許せないから、腹立たしいから、ラヴィの力を借りて制裁したかっただけなのかもしれない。

自己満足で自己欺瞞《ぎまん》で、とても愚かな行為だったのかもしれない。

だけど、

「ま、でもなんだ。私も色々言ったけどさ」

絵馬がスマホを叩《たた》いて言う。

「この動画は正直、スッキリするよな」

この笑顔を見ることができたなら、悔いはない。

何もかもが吹っ切れたような絵馬の笑い声を聞きながら、陽菜はそう思った。

【4】

夜、家に帰ると香ばしい良い匂いが鼻腔《びこう》をくすぐった。

扉を開ける前から今日の献立が分かってしまうくらい、主張の強い香り。

「ただいまー！　今日カレーなんだね！」

そうよー、とキッチンの奥から母の声がする。もうすぐできるから待ってなさい、という声に従って席に着く。

陽菜《ひな》は母の作るカレーが大好きだった。

野菜も肉も原形がなくなるくらいにドロドロに煮込まれた濃厚な中辛カレー。中に入っている肉の種類がいつも違っていて、テール肉だったり、牛頬肉《ほほにく》だったり、チキンだったり豚肉だったり……とにかく、食べるたびにワクワクさせてくれるのだ。

今日はどんな肉が入っているのだろうかと楽しみに待っていると、ビールを片手にテレビを見ていた父の広茂《ひろしげ》が、陽菜に声をかけた。

「なんだか嬉《うれ》しそうじゃないか。なにかいいことでもあったのか？」

「夕飯カレーだからだよ～。もうお腹《なか》ペコペコでさぁ」

「はは、母さんのカレーは絶品だからなぁ」

ハナハナちゃんとのダンスバトルで、陽菜はエネルギーを消費し尽くしていた。ダンスバトル後も屋台を回る時間はなかったし、よくよく考えれば、今日は舞台袖でもらったたこ焼き以外なにも胃に入れていない。そりゃぁお腹が空《す》くはずだ。

「そういえば今日、青夏祭だったよな？　どうだった、中学最後の青夏祭は。確か陽菜は、ダンスの発表をしたんだったよな？」

「う～ん……」

正直言って、これまでみたいに楽しい時間は過ごせなかった。

ここ一週間くらいはずっと胃がキリキリしていたし、クラス企画の準備には最低限しか参加できなかった。毎日ダンスの練習をしていたから筋肉痛で朝起きるのが毎日辛《つら》いし、夜は変に目が冴《さ》えて寝不足気味だ。今日だって友達と校内を回る余裕なんてなかったし、毎年楽しみにしていた演劇はタイトルすら知らない。

楽しめたかと聞かれれば、答えは否だ。絶対に。

でも、

「悪くはなかったかな」

「お、いい笑顔。なんだか一皮むけたみたいに見えますねぇ。いったい今日の青夏祭で、彼女に何があったんでしょうか！　周藤《しゅうとう》陽菜さん、取材させてください！」

「ちょっとやめてよもー、大袈裟《おおげさ》だなぁ」

マイクに見立てたスプーンを懸命にかわしていると、母の美奈子《みなこ》がカレーを持ってやってきた。

「こーら、食器で遊ぶ人にはカレーはあげませんよ」

「おっと、怒られちゃったな」

窘《たしな》められた広茂《ひろしげ》はおどけてスプーンを机に置き直す。

母の持ってきてくれたカレーがもくもくと白い湯気を立てていた。

呼応するように、お腹《なか》がぐぅと鳴る。もう我慢の限界だ。

「それじゃぁ、いっただっきまー」

『次のニュースです。ネット上で有名な踊り手、ハナハナちゃんが、自身の持つ、いわゆる裏アカウントで女子生徒を暴行している様子を配信したとして、SNS上で話題になっています』

スプーンを持つ手が思わず止まった。

テレビに映し出されているのは、男子生徒たちが女子生徒に暴行を加えている配信動画だった。顔にはモザイクがかかっていて、声もボイスチェンジャーを通しているのか、ガラガラだ。

『そしてここ、この瞬間ですね。窓ガラスに撮影者の顔が反射して、配信で映ってしまったんですね』

動画の一部が拡大される。

モザイクでよく分からなかったけれど、たしかに顔が反射しているように見えた。

「ひどい話だなぁ。こんなか弱い女の子を寄ってたかって……何考えてるんだか」

「そういえば、ハナハナちゃんって陽菜《ひな》の学校の人じゃなかった？」

「え？　あ、えーっと……」

なんと説明したものかと思いながらも、陽菜の意識は完全にテレビに向いていた。

あまりフィーチャーされていないが、暴行を受けている生徒には見覚えがあった。

モザイクをかけられていても分かる。

『ダメじゃんおねえさん。撮影するときは、ちゃんと場所を考えないと』

暴行を受けながらあんな挑発的なセリフを吐けるのは、ラヴィだけだ。

ダンスバトルの後、しばらく姿が見えなくなったと思ったら……こんなことをしていたのか。

絵馬《えま》への謝罪動画も、恐らくこの後に撮影したのだろう。あのプライドの高そうな霧辻《きりつじ》をどうやって謝罪させたのかと気にはなっていたのだけれど、こういうことか。

「ねぇ、陽菜ってば。大丈夫？」

「へ？」

目線を家族に戻すと、父と母の心配そうな視線と目が合った。

「どうなの？　陽菜《ひな》もいじめの対象とかにされてない？」

「だ、大丈夫だよ！　ほんとに大丈夫！　私なんてハナハナちゃんの眼中にもなかったよ、あはは」

「いやいや、そんなことはないぞ。陽菜みたいな普通の子は、標的にされやすいんだ。何かあったら、すぐに父さんたちに言うんだぞ」

「うん、ありがと」

まったく、心配性だなぁと陽菜は苦笑いした。

とはいえ、イジメられていたのは陽菜の友達なわけだし、魔の手はすぐそばまで迫っていたと言えなくもないのだけれど……。

まぁ細かいことはいいか。

そんなことより、と陽菜は再びスプーンを握った。お預けを食らって、お腹《なか》が痛いくらいに鳴っている。今度こそ――

『そういえば、ハナハナちゃんはこの動画を出す直前に学園祭でダンスバトルを配信しているんですが、そのときに対戦相手に負けているんです。ダンスで人気が出た配信者だけに、これはショックだったでしょうね。この腹いせに裏アカウントで配信を行った、というような可能性もありそうです』

固まった。

今度は陽菜だけではない。

両親共に、テレビに視線が釘付《くぎづ》けになっている。

当然だった。

二人とも、今日の青夏祭で陽菜がダンスを踊ることを知っていたし、どれだけ顔にモザイクをかけたとしても、さすがに自分の子供くらいは見分けがつく。

「陽菜」

「えーっと、ですね……」

期せずしてテレビデビューしてしまった困惑と、両親にバレてしまった焦りで、思考が上手《うま》く回らなかった。

なんて言い訳しようか、どうやって説明したらいいか、刹那の間に思考を巡らせて――よくよく考えれば、言い訳する必要はないのではないかと思った。

悪いことをしたのはハナハナちゃんであって、自分ではない。自分でも、あのダンスはなかなかの仕上がりだったと思うし、ハナハナちゃんにダンスバトルで勝ったのもすごいことだと思う。もちろん、ラヴィの助けあってのことだけど。

そう考えれば、むしろ誇っていいのではないか。あまりぱっとしたところのない自分だけど、頑張ればこれくらいのことはできるのだと、父と母に、胸を張って自慢してもいいのではないか。

そうだ、私はすごいことをしたんだ。

きっと褒《ほ》めてもらえる、認めてもらえる。

だから陽菜《ひな》は照れ笑いを浮かべて、

「あのね、お父さん、お母さん。私、実は——」

「ダメじゃないか、陽菜」

笑顔で。

父は言った。

「こんな目立つことして、イジメの標的になったらどうするんだ」

「そうよ、陽菜。お父さんの言う通り」

「なぁ陽菜。お父さんはいつも言ってるだろ」

「お前は。普通にしていればいいんだ」

あぁ。

そうだった。

忘れていた。
何を勘違いしていたのだろう。
周藤《しゅうとう》陽菜は——私は、特別な人間なんかじゃない。
特別な人間にはなれないんだ。
突出したところがなにもなく、平均値から外れない。
目立たなくて地味、ありふれていて平凡、面白みがなくて凡庸。
でも、それでいい。
それがいいんだ。
だって、
「そうすれば、陽菜が一番幸せになれるんだよ」
「うん、分かってるよお父さん」
私も笑顔でそう返した。
三度、スプーンを握ってカレーをすくう。
今度はちゃんと食べられた。
なぜかいつもより、味がしない気がした。

※

ラヴィはご機嫌だった。

暇つぶしにノリと勢いで始めた偽善者狩りが、想像以上に楽しかったからだ。

これまでいい人ぶって甘い蜜を吸っていた人間が、絶望の底に叩《たた》き落とされる瞬間に見せる、醜い顔。あの顔を見られるならば、多少の手間をかけたってかまわない。そう思えるくらいに気に入っていた。

おまけに、最近知り合った女の子がまた面白い。

最初は「普通」だの「常識」だのと、つまらない御託を並べていたけれど、一緒に過ごすにつれてだんだんとラヴィのやり方に毒されてきている。最近では友達のために自分から制裁に加担までしたほどだ。

「陽菜《ひな》おねえさんが完全に僕のやり方に染まったら、次は何をしようかな」

そんな、そう遠くないであろう未来に思いを馳《は》せながら、スキップ交じりで学校に向かう。

ラヴィは、周藤《しゅうとう》陽菜という人間をそれなりに気に入っていた。

初めて校舎裏で出会ったときから、その辺の人間とは違うにおいを感じてはいたのだ。

だって、おかしいじゃないか。気絶した教師の脇で壁に落書きをしている人間と遭遇して、対話を試みようとするなんて。

普通は叫ぶだろう。

誰かに助けを呼ぶだろう。

その場から逃げて、立ち去るだろう。

あの場でラヴィに声をかけた時点で、周藤陽菜という人間は普通からは逸脱している。

それなのに彼女は、頑《かたく》なに普通であろうとする。常識的であることを押し付けようとする。その歪《ゆが》みが、たまらなく面白かった。

だからラヴィは、彼女を一緒に連れまわし、積極的に巻き込むのだ。

いつかボロが出ることを期待して。

「とうちゃーくっと」

ほどなくして、学校にたどり着く。

何食わぬ顔をして校内に入り込み、いつもの教室へと向かう。

周藤陽菜の姿はすぐに見つかった。

移動教室だろうか、いそいそと支度をし、渡り廊下を歩いている。

ラヴィはそっと陽菜の後ろに近づいて、声をかける。

「陽菜おねーさん」

「おわぁっ！　びっくりしたぁ。脅かさないでよ、もー」

「これから授業？　遊びに行こうよ」

「質問と誘い文句がちぐはぐなんだけど……」

そう言いつつも、陽菜《ひな》は足を止めてラヴィを見た。

本当に陽菜おねえさんはお人好《ひとよ》しだなぁ。

「どうしたの？　っていうか、ラヴィも授業の時間じゃないの？」

「そんなのどうでもいいからさぁ、また偽善者をぼっこぼこにやっつけようよー。僕、またいいカモ見つけたんだー」

「またそれ？　私はやらないよー」

「またまたぁ、そんなこと言っちゃってぇ。ほんとは陽菜おねえさんだって、割と乗り気になってるクセにー」

「あはは、まさか」

「一緒にやろうよー、この前のダンスバトルみたいにさぁ。僕と陽菜おねえさんが組んだら、どんな偽善者だってぼっこぼこのめったためたに――」

「やらないよ」

陽菜は、静かに微笑《ほほえ》んでいた。

「私はやらない」

その言葉からは、確固たる意志を感じた。

微塵《みじん》も入り込む余地のない、完全な拒否。

「ラヴィもダメだよ、制裁なんて。たとえどんな相手でも、何の権限も持ってない人間が他人に罰を与えるなんて、常識的にダメなんだから」

まるで、ラヴィが初めて出会ったときの——いや、それ以上に感じる、普通への頑《かたく》なな意志と執着。

何かがおかしい。

つい先日まで、彼女は揺らいでいたはずだ。

常識的なこだわりを捨ててでも、友人のためにラヴィを頼りにするような、そんな人間になっていたはずだ。

なのに、なぜ、

「そもそも、私なんかじゃラヴィのお供はつとまらないよ。だってほら、私ってすっごく普通だし」

ここまで変わってしまったのか。

数拍、間が空いた。

ラヴィと陽菜《ひな》の間に、小さく風が吹いた。

再度、ラヴィは問うてみる。初めて出会ったときと、同じ言葉を。

「普通とか、常識とか。それって、そんなに重要かなぁ?」

陽菜は答えた。朗らかに。

「もちろん。普通も常識も、とっても大事なものだよ」

ラヴィは理解する。把握する。

ダンスバトルから、ほとんど日は経《た》っていない。その間に接触した人間、それも陽菜の思想に強く影響を及ぼせそうな人間が、陽菜をここまで変えてしまったのだろう。

だとすれば、怪しい人物は、ごくごく限られる。

「ねぇ、陽菜おねえさん」

いつだって。

いつだってラヴィの考えていることは、自分が楽しめるかどうかだった。

すべての判断基準は「楽しいか、楽しくないか」の二択しかない。

楽しいと思えばプライドなんてかき捨てて、滑稽な道化だって演じてみせるし、楽しくないと思えば指一本だって動かさない。

そして周藤《しゅうとう》陽菜のこの件は——面白い。

深く首を突っ込んで、めちゃくちゃにしてやりたいと思うくらいに。

「やっぱり陽菜おねえさんは、最高だね」

※

その日の放課後。

陽菜《ひな》の知らないところで、ラヴィと絵馬《えま》、そして凛香《りんか》の三人が人気《ひとけ》のない教室に集まっていた。

夕暮れ時、薄暗い教室の中に、怪しげな声が響いている。

「いいよ……そう、いいよ……最高だ……次はもっと足を広げてみようか……」

「え〜、恥ずかしいよぉ」

「恥じらう姿もキュートだなぁ！　まるでラブコメのヒロインみたいだ！　さぁもっと、次は一枚服を脱いで――」

「ねぇ、これ私もいなきゃダメなの？」

「凛香、少し黙ってて！　今いいところだから！」

「マジで帰っていい？」

教室の中では、様々なコスチュームを着てポーズをとるラヴィと、その姿をうっとりとした表情で撮影する絵馬の姿があった。

凛香はその隣で腕を組み、憮然《ぶぜん》とした表情で立っている。

「もうここに来てから三十分は待たされてるんだけどさ、私はいったい何を見せられてるわけ？」

「まぁまぁ、ちょっと待っててよ凛香おねえさん。僕のコスプレ写真を撮らせてあげる代わりに、陽菜おねえさんについてなんでも教えてもらえるって交換条件なんだからさ」

「なんでその交換条件を私まで呑《の》んだことになってるわけ？　私に何の得もないんだけど」

「え、僕のコスプレ姿を見られるだけで人生最大の得じゃない？」

「その自己肯定感の高さがどこから生まれたのかだけは興味あるわ……」

憎まれ口を叩《たた》きつつも、凛香がこの場を後にすることはないだろうとラヴィは踏んでいた。

古賀《こが》凛香は周藤《しゅうとう》陽菜に借りがある。生徒会選挙で助けられたという大きな借りが。友人関係云々《うんぬん》以前に、彼女はそういう貸し借りをきっちり清算しないと気が済まないタイプのはずだ。

とはいえ、さっさと本題に入りたいのはラヴィも同じだったので、話を進めることにする。

「あ、じゃぁさじゃぁさ、撮影されながら質問するから、二人はそれに答えてよ。なんていうの？　時短ってやつ？」

「私は、一向に、構わないぜ！」

一眼レフから片時も手を離さないまま絵馬が答える。

この様子だと撮影会とやらはしばらく終わらないと考えたのか、凛香も不承不承に頷《うなず》いた。

「分かった、それでいい。で、陽菜《ひな》ちゃんについて、なにが聞きたいの？」

「えっとねぇ、陽菜おねえさんって、ちょっと変でしょ？」

「あんたにだけは言われたくないと思う」

「えへへ、ありがとー」

「ほめてないんだけど……」

「いいよいいよぉ！　今の笑顔、最高だよぉ！」

「ダメだ。下手に合いの手を入れると一生脱線し続けるな、これ」

凛香《りんか》はため息を飲み込んで、話を元に戻した。

「で、なにが変だって？」

「陽菜おねえさんって、自分のこと普通普通って言ってるけどさ、本当に普通なのかな？」

「どういうこと？」

「会ってからずっと考えてたんだけど、どうも納得いかないんだよね。凛香おねえさんのダメダメ演説に割って入って流れを変えたり」

「誰のせいでダメダメになったと思ってんのよ」

「変態カメラマンに拉致られたときも全然動じずに後輩の面倒見てたし」

「東散《ひがしばら》先生の事件か。たしかにその状況で泣き叫ばないのは度胸あるよな。あぁああ！　ラヴィたん！　そこでちょっとウィンクお願いします！」

「極めつけはこの前のダンスバトル。あれさぁ、ぶっちゃけヤバいと思うんだよね。いくら陽菜おねえさんがハナハナちゃんのファンで、振付を完コピしてたとしてもさぁ、あのレベルで踊れるとは思わないじゃん」

「まぁたしかにね。司会進行としてステージの上から見てたけど、私もあそこまで陽菜ちゃんが踊れるとは思わなかったなぁ」

「私は別に、驚かなかったけどな。あー、そこそこ！　ちょっとスカートめくりあげて！　目線もこっちにお願いします！　陽菜がダンスの練習のたびに、私に感想を求めてくるんだけどさ、ぶっちゃけ動画のダンスとどっちがいいか分かんなかった。それくらいあいつのダンスは元々完成してたよ。あぁたまんないねぇ今のポーズ！　次はこっちのチャイナ服着てみようか！」

「あんたさぁ、真面目な話と撮影の話ごっちゃにしないでくんない？　気が散るんだけど」

陽菜の友達の意見を聞きながら、ラヴィは考える。

今までの話を統合すれば、周藤《しゅうとう》陽菜という人物は、やはり相当の傑物に思える。

人を惹《ひ》きつける話術に、突然の状況にも冷静に対応できる度胸、そして習ったこともないダンスでダンス経験者を圧倒できる技術力。どれも普通の中学生にできることではない。

やはり変だ、周藤陽菜という人物は。

「だから、教えて欲しいんだよね。陽菜おねえさんが、なんで普通に執着してるのか。幼《おさな》馴染《なじみ》の二人なら知ってるかと思って」

「幼馴染って言ってもなぁ……」

凛香《りんか》は肩の辺りに流れる髪を人差し指でくるくると巻いた。

「残念だけど、私と陽菜《ひな》ちゃんは中学になってからの友人だから、そこまで情報はないよ。強いて言うなら、中学で友達になった頃には、もう今の陽菜ちゃんは出来上がってた、ってくらいかな」

「何かあったら小学生のときか、それ以前ってことだね」

「そ。幼稚園の頃から一緒の絵馬《えま》ちゃんなら、何か知ってるんじゃない？」

「心当たりならあるぜ」

次にラヴィに着せる服を吟味しながら、絵馬が答えた。

どうやら執事用の燕尾服《えんびふく》とスクール水着で迷っているらしい。

「あいつ、小学生の頃、色んな分野で賞を取ってたんだよ。絵とか習字とか、工作とかかるたコンクールとか、ほんとに色々。プロの目に留まって、本格的に学ばないかってオファーが来てたこともあったはずだ。だけど――」

「陽菜おねえさんは、全部断ったんだね」

受けたラヴィの言葉に、絵馬は首肯する。

「最初はその道に興味がないだけかと思ってたんだけど、それが二度三度と続けば、さす

がに変だろ？　それで、聞いたんだ。なんで全部断ってるんだって。そしたらあいつ、

『だって全部、ビギナーズラックが当たっただけだから。私は普通に、堅実な人生を送るんだ。それが一番幸せでしょ？』

ってさ。なんか変だとは思ったけど、あんまり深く突っ込めなかった。でも、もしあれが今の陽菜の原点になってるんだとしたら……」

絵馬はそこで言葉を切った。

小学生の少女が、そこまで達観した物の見方をできるとは思えない。ケーキ屋さんになりたかったりアイドルになりたかったり。とにかく、大人に夢を見るのが小学生というものだ。普通に堅実な人生を送ることが幸せだなんてセリフ、誰かの入れ知恵で言わされていたに違いない。

そしてその入れ知恵をした人物として最も可能性が高いのは——

「ありがと、おねえさんたち。大体分かったや」

ラヴィは着ていたチャイナ服を脱ぐと、いつもの制服に袖を通した。

絵馬が残念そうな顔で手に持ったコスプレ衣装を見ている。

「あんた、どうするつもりなの」

「残念だけど、燕尾服《えんびふく》は次の機会だな。次に撮影会するときはもっと金にものを言わせてクオリティの高いコスプレを——」

「絵馬《えま》ちゃんじゃない。ラヴィに聞いたの」

凛香《りんか》の視線がラヴィに突き刺さる。

何か答えないと、帰してもらえなさそうだ。

「うーん。まだ考え中だけど、次の行動は決まったかな。何するか教えて欲しい？」

「……別に。私は関係ないからどうでもいいんだけどさ」

凛香は腕を組んで、さも興味がなさそうな顔をして、ラヴィに釘《くぎ》を刺した。

「陽菜《ひな》ちゃんが傷つくような真似《まね》したら、絶対に許さないから」

「おねえさん、ツンデレに属性変えたの？　リアルなツンデレは男受け悪いからやめたほうがいいと思うけど……」

「ラヴィたん、それはとても興味深い議題だね！　ツンデレがというのはキャラクターが隠している感情とのギャップがあって初めて可愛《かわい》いと思えるからね。漫画やゲームの中では吹き出しやテキストウィンドウに秘めた感情が表示されるけど、現実世界ではそんなものはない。つまり、ツンデレのツンの部分だけが見えるから、まったく可愛く思えないというわけだ。しかし、現実世界でのツンデレに本当に需要がないのかはもう少し考察する必要があると私は思っていて——」

「うーわ。二人合わさると驚異のウザさだわ」

勝手に絵馬が考察を始め、いよいよ収拾がつかなくなってきたそのとき、教室のドアがガラガラと開いた。

「あれ、三人で話してるなんて珍しいね。なにか相談事？」

話題の張本人の陽菜が、目をぱちくりさせて教室に入ってきた。

三人は思わず、会話を止めた。

場の空気がおかしいことに気づいて、陽菜が小首を傾《かし》げている。

話の内容が内容だけに、正直に陽菜に伝えるのは忍びないのだけれど、しかしなんと言い訳したものか……。

絵馬と凛香が口ごもっていると、ラヴィがいの一番に口を開いた。

「ねぇねぇ陽菜おねえさん。今日おねえさんの家に遊びに行ってもいい？」

※

「いやー。まさか全力で断られるとは思わなかったなぁ」

家に遊びに行ってもいい？　の最後の「い」を言い終わる前に、陽菜には「絶対ダメ！」と力強く断られてしまった。理由はよく分からなかったけれど、多分ラヴィが来るとろくなことにならないと思っているのだろう。

　正解だ。間違いなく、陽菜《ひな》の直感は合っている。

「ま、だからってあきらめるわけないんだけどねー」

　ニヤニヤと玄関の扉を見つめ、その時を待つ。

　五時半を少し過ぎた頃、ガチャリとドアノブが回った。

　つい数時間前に会ったばかりの少女が、のんびりと帰宅した旨を告げる。

「ただいまー」

「おかえり、陽菜おねえさん。今日は早かったんだね」

「うん、特にやることもないしねー……ん？」

　靴を脱いで家にあがった陽菜がゆっくりとラヴィの顔を見る。

　疑問から理解、そして驚きと一秒ごとに表情を変化させ、

「来ないでって言ったじゃん！」

「あはは、ぜーったいそう言うと思った」

　陽菜の言いそうなことは容易に想像がついていた。そして当然、既に対策はすんでいる。

　ラヴィの背後から、陽菜の母親が顔を出した。

「こら、陽菜。折角可愛い《せっかくかわい》後輩ちゃんが遊びに来てくれたのに、そんな言い方はないでしょう？」

「いえーい、可愛い後輩でーす」

「……お母さん、騙《だま》されないで。その子、見た目は可愛いけどとんでもない小悪魔だから」

「まぁ、小悪魔ですって。懐かしい響きねぇ。お母さんも昔はそう呼ばれてたのよ。お父さんにアタックしたときだってね」

「親の馴《な》れ初《そ》めとかこの世で一番聞きたくない話題だから！　もう、お母さんはちょっとそこで待ってて！」

陽菜は母親を無理やりリビングに押し込むと、後ろ手に扉を閉め、じとっとした目でラヴィを見た。

「……やってくれたね」

「小悪魔発言までは強要してないけど？」

「そういうことじゃなくて！　……はぁ、とりあえず私の部屋に来て。そこで話そ？」

ラヴィを追い出すことは諦めたらしく、陽菜は自分の部屋へと向かった。

二階の奥が陽菜の部屋だった。

「へー、なんていうかこう……」

部屋を見回す。

淡いベージュのベッド。

グレーの絨毯《じゅうたん》。

本棚には少女漫画が数冊と参考書が少々。

勉強机は比較的綺麗《きれい》に片づけられているが、机の上に読みかけの漫画が置いてある。

床には大きいクマのぬいぐるみが鎮座していて、その横の棚には友達との写真が飾ってある。

「ものすっごく、普通」

「でしょ、それが落ち着くんだよ――って何してんのラヴィ！」

情け容赦なくクローゼットを開けると、陽菜《ひな》が悲鳴のような叫び声をあげた。

「なんか隠してるかなって思って」

「なんも隠してないよ！」

「たしかに、服しかないねー。それも無難なデザインばっかり。もうちょっとパンクにしたら？　レザーパンツ穿《は》いたり、腰にチェーン巻いたり」

「そんなの着たら、お父さんもお母さんも卒倒しちゃうよ……」

パっと見たところ、ごく普通のクローゼットだった。私服と制服がかけられていて、洋服ダンスが設《しつら》えられている。

特に見るべきものはないか――と扉を閉めようと思ったそのとき、クローゼットの奥に転がっている額縁が見えた。

「これは？」

「え？　なんだろそれ……あー！　小学校の頃に絵画コンクールで賞取ったやつだ！　懐かしいなー、こんなところにあったんだ」

「絵画コンクール？」

「そうそう、よくあるでしょ？　学校主催の写生大会。あれで描いた絵がなんかのコンクールで入賞したんだよ。ビギナーズラックってやつ？」

「ふぅん」

コンクールというものをラヴィはよく知らなかったが、賞状にはなんちゃら大臣という人の名前が入っていた。詳しくは分からないけれど、そういう人の名前が入っているということは、割と権威のある賞なのではないだろうか。

「私の通ってた小学校、結構いろんなコンテストに応募する学校でさ。そのおこぼれで、色々賞もらったなー」

「色々って？」

「工作とか書道とか俳句とか？　あんま覚えてないなー。もしかしたら、その辺に転がってるかも」

そう言ってゴソゴソとクローゼットの中を漁《あさ》ると、無造作に賞状やトロフィーを引っ張り出した。絵馬《えま》の言っていた通りだ。小学生の頃、陽菜は何度も賞を取っていたのだ。

部屋の三分の一ほどがトロフィー類で埋まったとき、とんとんと扉がノックされた。

「陽菜《ひな》ー、誰か来てるのかー？」

「ちょっとお父さん！　返事してから開けてっていつも言ってるでしょ！」

「ごめんごめん。お、友達か？」

あまり悪びれた素振りも見せずに、中肉中背の男性がラヴィを見た。

これといって特徴のない、平均的な中年男性というのが第一印象だった。優しそうな顔をしているとも言えるし、優柔不断で頼りなさそうとも言える。

背は大きくもなく、小さくもなく、体を鍛えているようには見えない。別れた後に最初に思い出すのが黒縁の眼鏡であるような、ごく普通の一般男性。

――という失礼な思考の片りんは一切見せず、ラヴィはとびっきりの笑顔で挨拶した。

「こんにちは～、ラヴィで～す。陽菜おねえさんの後輩やってま～す」

「ラヴィ……ちゃん？　外国の子なのかな？　さすが聖華《せいか》学園、生徒の層が厚いねぇ」

「もー、挨拶とかいいから。なんか用？」

「いやぁ、陽菜の部屋から楽しそうな話し声が聞こえるから、誰か来てるのかなぁと思って――」

そこまで言って、陽菜の父は言葉を止めた。

表情が固まり、視線が床にくぎ付けになっている。

「どうしたの、お父さん？」

「陽菜、そんなに散らかしたらダメじゃないか」

「あぁ、ごめん。すぐ片づける――」

「そんなもの、今更引っ張り出してきたって仕方がないだろ？」

被《かぶ》せるように、食い気味に、陽菜の父は言った。

「いつも言ってるだろ。そんなのは全部運が良かったから取れただけ。所詮全部、過去の話なんだ。陽菜は今とこれからを見つめて、堅実に生きなさいって」

「分かってるってば。別に自分に才能があったとか思ってませんよーだ。ただちょっと懐かしくなって見てただけ。お父さんだってあるでしょ、そういうこと」

陽菜は怒るでもなく、ただおどけたように答えると、床に散らばった賞状やトロフィーを乱雑に片づけ始めた。その様子を見た父親は、ほっとしたようにまた表情を和らげる。

さっきまでの表情とあまりにも違いすぎて、気持ち悪い。陽菜は父親の変化に気づいていないのだろうか？

「うん、気持ちは分かるぞ。お父さんもよく部屋の片づけをしてるときに、自分が書いた原稿を見つけて読みふけってしまうことがあるからな」

「なにそれ。漫画とかじゃないの、そーゆーのって」

目の前で繰り広げられる、仲良し親子の会話を見つめながら、ラヴィは思わず笑ってしまいそうになった。

なんだ、この茶番は。

「じゃ、二人とも騒ぎすぎないようにな。ラヴィちゃんも、暗くなる前に帰るんだぞ」

そう言い残して、父親は階下へと去っていった。

陽菜《ひな》が振り返る。

「ごめんね、急に。うちのお父さん、いっつも私が誰と遊んでるか確認しに来るの」

「いっつも？」

「うん。在宅のお仕事だから基本家にいるんだよね」

「ふぅん、心配されてるんだ」

「どうかなー。若い子と喋《しゃべ》りたいだけなのかも。ほら、在宅ワークってあんまり人と関わらないから」

娘が心配で毎回部屋に確認しに来る父親。

在宅ワークで人恋しくて女子中学生と話しにくる父親。

どちらにせよかなりキモイなと思ったが、口には出さなかった。

そんなことよりも、確認したいことがある。

「陽菜おねえさん。お父さんが言ってた『原稿』ってなんのこと？」

「あぁ、あれ？　お父さん、昔から趣味で小説書いてるんだよね」

「へー、趣味で小説を」

「うん。なんか小説家になりたいんだって。小さい頃からの夢だって言ってた。賞とかはまだ取ったことないみたいだけど。それがどうかした？」

「ううん、ちょっと気になっただけ～」

趣味で小説、受賞歴はなし。

子供の頃からの夢と言っていたから、かれこれ三十年以上は書き続けているのだろう。なるほど、これは使える。ラヴィは内心でほくそ笑んだ。

「ところで本題。ラヴィはウチになにしに来たの？」

「え？　そりゃぁもちろん、遊びに来たんだよ。僕たち友達なのに、一度も家で遊んだことうわぁなにその嫌そうな顔」

「だって今さらそんな、普通の後輩みたいなこと言われても……」

警戒心マックスの表情の陽菜が面白くて、思わずラヴィは笑ってしまった。

「ひどいなぁ。僕と陽菜おねえさんは、あーんなことやこーんなことまで、一緒に体験した仲なのに」

「変な言い方しないで」

唇を尖《とが》らせて陽菜は言う。

「どうせまた誘いに来たんでしょ。私、言ったよね。もうあんなことは手伝わないって」

「うん、言ってたね」

「ど、どれだけ誘ったって無駄だからね。私の意志は固いんだから。大体――」

「もう誘わないよ」

「え？」

「僕からは、もう誘わない」

陽菜《ひな》が口を挟む隙を与えずに、「でもね」とラヴィは続ける。

「陽菜おねえさんは、知る権利があると思ったんだ。次の僕の獲物が誰なのか、陽菜おねえさんだけには先に伝えておきたいと思って、今日はここに来たんだよ」

「ちょっと待って、どういうこと？」

「もう薄々分かってるんじゃないの？　人畜無害そうな顔をして、ご近所さんには愛想よく振る舞って、善人面して、蟻《あり》も殺せなさそうに見えるのに、本当は裏でとんでもない悪行を働いている、クソ偽善者」


「次のターゲットは、陽菜おねえさんの父親だよ」


数秒の間、沈黙のとばりが降りた。

陽菜はただ、黙ってラヴィの姿を見つめている。

そして一言、嘘《うそ》だよ、と蚊の鳴くような声でつぶやいた。

「嘘じゃないよ。陽菜おねえさんだって、心当たりあるんじゃない？」

「……ないよ」

陽菜はうわ言のように否定する。

「ないに決まってるじゃん。だって、私のお父さんなんだよ？　小さい頃からずっと私を育ててくれて、ちょっと頼りないところもあるけど、いつも私のことを心配してくれる、そんな優しい人なんだよ。だから絶対、お父さんが偽善者なんてあり得ない！　変なこと言わないで！」

最後は力強く、そう言い切った。

けれど——とラヴィはほくそ笑む。

否定するまでに空いたわずかな間をラヴィは見逃さなかった。

心の隙はちゃんとありそうだ。だったら、いくらでもやりようはある。

「そっか、陽菜おねえさんは信じてるんだね。あの人が偽善者じゃなく、本当の善人だって」

「当たり前だよ！　私のお父さんだもん！」

「なら、試してみない？」

ラヴィは言う。

「陽菜おねえさんの父親が本当に善人かどうか、確認しようよ」

「そんなこと……やる必要ない」

「あれれ、もしかして自信ない？　本当は心のどこかで父親のことを偽善者かもしれないって思ってて、それを認めるのが怖かったりする？　そっかそっか、じゃぁやめとこっか。僕だって陽菜《ひな》おねえさんのことを傷つけたいわけじゃないからね。おねえさんはそうやって真実から目をそらしたまま、いつまでもいつまでも、生ぬるい茶番じみたホームドラマを演じてれば――」

どんっ、と肩に衝撃が走り、次の瞬間、ラヴィは床に組み敷かれていた。

馬乗りになった陽菜の表情は険しく、これまでに見たことのない目でラヴィを見下ろしている。

「やるよ」

周藤《しゅうとう》陽菜という少女は意外と好戦的だ。それは霧辻《きりつじ》とのダンスバトルの一件で既に理解している。だから、煽《あお》れば彼女が乗って来るであろうことは分かっていた。

「やればいいんでしょ！　でも、絶対負けないから！　お父さんは偽善者なんかじゃないって、私が証明してみせるから！」

「ふふ、陽菜おねえさんならそう言ってくれると思ったよ」

まだまだ青いなと、ラヴィは内心で舌を出した。

いくら陽菜が非凡な能力を有していようとも、所詮は中学生。これまで何人もの大人を手玉に取ってきたラヴィにとっては、赤子の手をひねるも同じだった。

それじゃぁ、始めようか。

周藤陽菜が信じてやまない実の父親が、とんでもない毒親であることを証明するための、出来レースにも似た寸劇を。

ラヴィは組み敷かれたまま、陽菜を見上げて。

周藤広茂《ひろしげ》を破滅させるための一手目を指した。

「じゃぁさ、早速だけどちょっと手伝って欲しいことがあるんだよね」

※

周藤広茂の夢は小説家だ。

夢だった、ではない。齢《よわい》四十五を超えた今なお切実に抱き続けている、現在進行形の夢である。

中学の頃から小説を書き始め、高校では文学部、大学では創作サークルに身を置き、Webライターとして企業に就職した後も暇を見つけては書き続けている。

歳月にしておよそ三十年。夢を追いかけていると言えば聞こえはいいが、それだけの間書き続けて、箸にも棒にもかからなかったというのが現実だ。

「この前書いた新作も、全然伸びなかったな……」

仕事の合間に小説投稿サイト「ライティング！」のページを眺め、ため息をつく。

自分が若い頃は、小説の投稿と言えば原稿用紙に手書きだった。大学に入った頃にようやくワープロ印刷の文化が根付いてきたが、それでも作品を見せる相手は、公募先の編集部の人間だけだった。

しかし時代は変わり、今はウェブサイトに作品を投稿し、たくさんの読者に読まれるのが主流になった。読者は小説を読んで、面白ければポイントを入れ、つまらなければブラウザバックする。単純で、明快。だからこそ、可視化されるのだ。

自分の作品が、評価されていないということが。

「新作の総合ポイント……ゼロ……というかこれは誰にも読まれてないなーPV的に……ははは……」

乾いた笑いがこぼれる。今回の作品は自信作だっただけにダメージも大きい。

ライティング！のトップページには、今をときめく作品群がずらりと並んでいる。総合ポイントもPV数も、自分の作品とは雲泥の差の超人気作たち。

そのうちの一つをクリックして、一話目をささっとスクロールする。

「なんだよこれ。こんな導入今までの名作でいくらでも擦《こす》られ倒してるじゃないか。類似作だってぱっと思いつくだけで十作はあるし、そもそも文章が稚拙すぎる！　なんでこんな作品が人気なんだよぉ！」

そのままブラウザバックし、天井を仰ぐ。

文章は稚拙、展開は似たり寄ったり、極めつけに、ハンコを押したみたいな似たような属性のキャラクターばかりが登場する。

なぜこんなチープな作品が人気で、自分の小説は見向きもされないのか。

答えは簡単だ。

「最近の読者は見る目がないんだよなぁ……」

多数の人間が読んでいるといっても所詮は素人の集まりだ。真に作品を理解できるような人間はほとんどいないだろう。だから分かりやすく安っぽい、着色料をふんだんに使ったお菓子みたいな作品に惹《ひ》かれ、騙《だま》される。広茂《ひろしげ》はそう思っていた。

「僕の作風はWebとは合わないんだよ……でも最近はWebからの書籍化が一般的だし……はぁ、古《いにしえ》の物書きには辛《つら》い時代だなぁ」

SNSを覗《のぞ》き見れば、やれ高校生で書籍化だの、やれ重版だのやれアニメ化だのとめでたい報告であふれている。それらの投稿を直視できなくなってきたのは、いったいいつからだっただろうか。

小説家になりたい。

そのために、誰かに自分の作品を見つけて欲しい。

見る目があって、自分の作品に惚《ほ》れ込んでくれて、なにがなんでも絶対売りますと豪語してくれるようなそんな編集者に。

「ん？」

ふと、ライティング！のマイページに見慣れないアイコンがついていることに気づいた。メールのアイコンの横についた赤いエクスクラメーションマーク。誰かからのメッセージが送られてきたことを知らせるマークだ。

ライティング！に登録以降、一度だって誰からもメッセージが届いたことはない。軽く興奮を覚えつつ、メールを開く。

『書籍化検討のお知らせ』

震える指でスクロールした。

心臓の鼓動がうるさい。鼓膜の奥でドラムが鳴っているみたいだ。

『はじめまして、私ラヴィット株式会社の牧野《まきの》と申します。このたびは広茂《ひろしげ》様の著作の書籍化を検討させていただきたく、ご連絡いたしました』

動悸《どうき》が止まらない。

夏でもないのに、汗が背筋を伝って止めどなく流れ落ちている。

『まずは私たちの会社についてご説明させていただきます。私たち株式会社ラヴィットは、自分たちが良いと思ったネット小説を書籍化するために、有志で立ち上げた新規事業です。

私たちは――』

夢中で読み進める。

内容を要約すると株式会社ラヴィットは以下のような会社だった。

ライティング！にはたくさんの良い小説があるにもかかわらず、書籍化されているのはわずか数％である。量産された作品の中に埋もれた名作が必ずあるはずだと考え、これまで数多くの作品を読み進めてきた。その中で、社員全員が良いと感じた作品に着目し、現在書籍化に向けて複数の作家に声をかけている。

中でも広茂の心をつかんだのはこのワードだった。

『特に私たちは総合ランキングに入るような著名な作品ではなく、ポイントの少ない作品に着目しています』

この編集は見る目がある。この一文だけでそう思えた。

読み終わって三十秒で返信した。「ぜひお願いします」の文言を添えて、震える指で送信ボタンをクリックする。

メールを返した後も心がそわそわし、居ても立っても居られなくなり、部屋の中を意味もなくうろついた。

書籍化される作品の数には限りがあるという。まだ実績のない会社だから仕方のないことだ。むしろ複数作出せる資金力があるだけすごいことだ。ただ、自分はその中に入れるだろうかと心配になる。在野《ざいや》に埋もれた才能を発掘するのが株式会社ラヴィットの目的だとしたら、自分以上の才能を見つけている可能性も——

いやいや、なにを弱気になっているんだ。

今回の作品には自信がある。大丈夫だ。絶対にいける。

そう自分を鼓舞しながら数日が過ぎた。

再び株式会社ラヴィットからメールが来たのは三日後のことだった。

『前向きにご検討いただきありがとうございました。現在当社では広茂《ひろしげ》様ともう一名の方の作品が最後の枠を争っている状況です。社内でもかなり意見が割れており、どちらが出版されてもおかしくありません。つきましては、一度直接広茂様にお会いしたいと考えております』

出版最後の枠をもう一人の候補者と争っている。きゅうっと心臓がつかまれたような気がした。

ここまで来たか、という思いと、誰だそいつは、という気持ちがせめぎ合っている。

どちらにせよ、断る理由はない。直接会う理由は分からないが、人となりを知るため、そしてもしかしたら改稿次第では最後の枠に滑り込めるという提案かもしれない。

一も二もなく承諾し、翌日、広茂はメールに記載されたビルへと足を運んでいた。

「指定されたフロアは……レンタルルームか」

フロアに足を踏み入れると、扉越しからくぐもった声が幾つも聞こえてきた。

てっきりこういうときは本社に呼び出されるものと思っていたが……まだ立ち上げたばかりの会社だ、そこまでの規模はないのかもしれない。最近の企業はテナントを借りずにWeb上でやり取りをすることもあるというし、気にするほどのことでもないだろう。

とにかく今は、編集の牧野《まきの》と話さなくては。

広茂ははやる気持ちを抑えながら、フロントで自分の名前を伝えた。

「お連れ様ですね。五番のお部屋へどうぞ」

フロントの口ぶりからして、すでに編集は来ているらしい。

一体どんな人なのだろうか……。

五番の部屋の前に足を運び、扉を開く。

こぢんまりとした部屋だ。大人四、五人が入れるくらいの広さだろう。

その一番奥に、編集と思わしき人が座っていた。まだ若い、二十代前半とみられる女性。染めていないナチュラルブロンドヘアから、外国の血が混ざっていることが分かった。

しかし、編集の身なりはどうでもよかった。そんなことよりも広茂の目を引いたのは、部屋の中にいたもう一人の先客だった。

「お父さん」

「陽菜《ひな》……？」

娘の姿をこんなところで見ることになるとは思っていなかった広茂《ひろしげ》は、ただただ混乱した。どういうことだ、なんでこんなところに陽菜《ひな》がいる？　親子同伴なんて話は聞いていないが……。

広茂の困惑をよそに、牧野《まきの》が口を開いた。

「ようこそ広茂さん、お待ちしておりました。どうぞおかけください」

「あ、あの……彼女は？」

「こちらの方が、お話ししていたもう一人の候補者です」

「はい？」

「驚かれるのも無理はありません。ですがまずは一度、最初からご説明させてください。さぁどうぞ、おかけください」

陽菜がもう一人の候補者……？

この広いネットの世界で、自分の娘が選ばれるなんて、どんな確率だ？

いや、それよりなにより、陽菜がライティング！に小説を投稿していたなんて、聞いたこともない。

疑問は無限に湧き続けるが、混乱した頭ではなにひとつ言葉にすることができなかった。

促されるままに着席すると、牧野は満足げに頷《うなず》いて話し始めた。

「それでは、お二人とも揃《そろ》われましたので、始めさせていただきます。すでに細かい説明はメールでお送りした通りですので、割愛いたします。本日お越しいただいたのは他でもありません。ずばりお二人には互いの作品を読んでいただきたいのです」

「お互いの作品を……？」

「はい。そのうえで、話し合っていただきたいのです。どちらの作品が、書籍化にふさわしいのかを」

「ぼ、僕たちが決めるんですか⁉」

責任放棄にもほどがある！

それを決めるのが編集の仕事じゃないのか？

思わず出そうになった文句を、すんでのところで飲み込んだ。

今はまだ、編集に厄介なやつと思われたくない。

「私たちも、本来であればこういうことはしたくありません。ですが、陽菜さんが最終選考のお相手が広茂さんだと知って、辞退を申し入れてきたのです」

え、と広茂は陽菜の顔を見た。

陽菜は目線を伏せたまま、合わせない。

「お二人は実の親子であると伺いました。正直、驚きました。それと同時に、陽菜さんのお気持ちも分かりました。お父様を差し置いて、自分が書籍化するなんて……という葛藤があるのでしょう。ですが、そんな理由で書籍化を断念するにはあまりにも惜しすぎるんです」

牧野《まきの》の声に力がこもる。

目線はまっすぐに広茂《ひろしげ》に向けられていて、今話していることは彼女にとって本当に大切なのだということが、ひしひしと伝わってきた。

「私たちは真に書籍化に足る作品を選びたいんです。そのためには他の要素はできるだけのぞきたい。ですから――」

「お互いの作品を読んで、真に書籍化にふさわしい作品を決めろ、と。そういうことですね」

「はい」

広茂は眼鏡をはずして目頭を押さえた。なるほど、話の筋は通っている。

出版枠がいくつもあれば、自分と陽菜《ひな》、同時刊行ということもあり得たのだろう。しかし新設されたばかりの会社にその余裕はない。刊行できるのはどちらか一作のみ。そしてその虎の子の枠を決めるために、妥協は許されない。

複雑な想《おも》いではある。

しかし、この機会を逃せば、ネット上で一度もスポットライトが当たったことのない自分の作品が書籍化する可能性など、ないに等しいだろう。

一つしかない枠を実の娘と取り合うのは忍びないが……仕方がない。

広茂は覚悟を決めた。

「分かりました。陽菜も……それでいいか?」

「うん、大丈夫。それに私、最初からそうするつもりだったよ」

陽菜はデスクの上に置かれた原稿に手を伸ばした。

「だって、お父さんの作品に敵《かな》うわけないもん。これで牧野さんも、お父さんも納得できるんだったら、それが一番丸いかなって」

「陽菜……」

「だからね」

陽菜は静かに笑っていた。

いつもと少し様子が違うような気もするけれど……人生初の経験をしているんだ。無理もないだろう。広茂はそう結論付けた。

「信じてるよ、お父さん」

そして広茂は、陽菜の言葉の意味は深く考えず——手元の原稿に目を落とした。

※

「お二方とも読み終わりましたか?」

牧野《まきの》の声で、我に返る。

時計を見ると、既に読み始めてから三時間が経過していた。

驚いた。こんなにも時間を忘れて読みふけったのはいつ以来だろうか。

「どうでしたか、広茂《ひろしげ》さん。陽菜《ひな》さんの小説は」

「……少し考えをまとめる時間をいただけますか」

「ええ、もちろんです」

広茂は再度、原稿を初めからめくり始めた。

正直なところ、面白かった、以外の感想が出てこない。

ストーリーラインはとてもシンプルだった。

貧しい少女が、かつて友達だった機械人形のパーツを買い集めるファンタジーもの。

必死にお金をやり繰りしながら、各地の骨とう品店を回るだけなのだが、パートナーの意地悪な使い魔がいい味を出していて、二人の掛け合いだけでも楽しめる。

この作品をまだ中学生の自分の娘が書いたのかと思うと、戦慄する。編集部が書籍化したいと思うのも納得だ。

しかし、もしこの気持ちを正直に話せば……自分の書籍化の話はなくなる。

株式会社ラヴィットは新規の会社だ。もし今回の書籍化で黒字が見込めなければ、次の機会はないかもしれない。それだけは、避けたい。

「どうですか、広茂さん」

「そうですね……」

小説家になりたい。

ずっと、そう思って生きてきた。

三十年間。三十年間だ。それだけの期間、ただ一つの夢を追い続けてきた。

あらゆる賞に応募し、落選し、そのたびに落胆してはまた書いて、その繰り返しだった。

Ｗｅｂ小説が台頭し出してからは、誰が読んでいるのかも分からない作品を、インターネットの海に放り投げ続けた。魚がいるかどうかも分からない海の上で、ただ網を投げ続けるような日々。大量の魚を釣った隣人を羨み、うまくいかなかった人物をＳＮＳ上で探しては、その人の失敗談を読んで心を落ち着ける日々。

今、ようやく目の前に、そんなくだらない毎日を終わらせられる可能性がある。夢をつかめる術がある。手を伸ばせばすぐ、届く距離に。

なのになぜ、よりにもよって自分の娘が、立ちはだかるのか。

『みて、おとーさん！　きんしょーだって！』

ふと、陽菜が小学一年生の頃を思い出した。

絵画と習字と俳句。すべてのコンクールで同時に金賞を取ってきたとき、この子は天才なのだと否応《いやおう》なしに理解した。

『陽菜《ひな》ちゃんはすごいですね。親御さんもさぞかし悩まれることでしょう』

当時の担任が、面談のときにそう言った。

『どの道に陽菜ちゃんを進めるか、悩みますよね。これだけ才能にあふれていると。まだ見ぬ何かの才能を秘めているかもしれませんしね。お料理とか、ダンスとか、ピアノとかヴァイオリンとか、あとはそうだなぁ……あ、小説も書けたりするかもしれませんね』

そのとき、ものすごい勢いで鳥肌が立ったことを、今でもよく覚えている。

自分が数十年たどり着いていない夢に、この子は容易にたどり着けてしまうかもしれない。父親の自分がちまちまとネットで小説を書いている間に、自分の娘が華々しく作家デビューし、メディアに持て囃《はや》される様子を想像し、胃がひっくり返るほどの吐き気がした。

耐えられない。

もしそんなことになれば、自分のプライドはズタズタになる。

実の娘を、愛せなくなる。

だから、これは仕方のないことなんだ。

円満な家庭を守るために、やむなくこうするしかないんだ。

広茂《ひろしげ》は担任に向かって笑顔で言った。

『いえ、陽菜には特に、何かをさせる気はありません。だって、普通が一番幸せですから』

それ以来、広茂は陽菜にこんこんと言い聞かせた。

世の中にはビギナーズラックというものがあること。

一度の成功で勘違いしてその道に進み、あえなく挫折する人間が多いということ。

若いうちは堅実に生きることが一番良いということ。

普通に生きることが、陽菜にとって最上の幸せなのだということ。

小さい陽菜は父親の言うことを微塵《みじん》も疑わなかった。

陽菜はあらゆる分野の賞を総なめにし、そしてそのすべての分野を深めなかった。

娘の可能性を摘んだ。

娘の可能性を潰した。

娘の可能性を消した。

娘の可能性をなかったことにした。

いつか——いつか陽菜が小説の才能に目覚めたとき、今までと同じように、ちゃんと否定できるように。小説を書かないという道を、無理なく勧められるように。

「……牧野《まきの》さん」

心は決まった。

あとはそれを、実行するだけだ。

「少し席を外していただいてもいいですか」

「なぜでしょう？　できれば私も担当編集として――」

「父と娘として話したいことがあります。極めてプライベートなことなので、申し訳ないのですが……」

「分かりました。そういうことでしたら」

牧野《まきの》はひとつ頷《うなず》くと、部屋の外へと去っていった。

部屋の中には広茂《ひろしげ》と陽菜《ひな》だけが残された。

陽菜は何も言わない。ただ黙って原稿の上に手を置いている。

広茂は口を開く。言うべきことは決まっていた。

「陽菜、ハッキリ言う。書籍化するのはやめておきなさい」

「どうして？」

「いつも言っているだろう。若いうちに特別な経験をしても、将来ろくなことにならないからだ」

口の中が渇いている。

水が欲しいと思った。

「中学生で書籍化なんてしてみろ。もう普通の高校生活は送れないぞ。友達とも疎遠になるだろうし、学校のイベントに参加する時間も取れないだろうな」

「それは嫌だね」

「だろう？　それにさ、陽菜の書いたこの小説。面白かったけど、所詮は中学生が書いたものに毛が生えた程度の出来だと思う。最初の内はちやほやされるかもしれないけど、陽菜が大きくなったら値打ちも下がって、そのうち見向きもされなくなる。そうなったとき、陽菜に何が残る？　一冊だけ書籍化した、学歴のない勘違い少女。そんなふうに揶揄《やゆ》される人生はゴメンだろう？」

「うん、嫌だね」

「あぁ、だから今回の話はやめておきなさい。勘違いしないでくれよ、お父さんは陽菜のために言ってるんだから」

「うん、もちろんだよ」

「いい子だ。お父さんが書籍化したら、腹いっぱいうまいもん食わせてやるからさ。なんなら帰りにでも行きたい店でもリサーチして――」

「お父さん」

「ん、どうした？」

「それがお父さんの、正直な気持ち？」

少しうるんだ瞳のせいか。やけに落ち着いた声質のせいか。

一瞬、何もかも見透かされているような気がして、言葉につまった。

けれどすぐ、そんなわけないと一蹴する。陽菜《ひな》は昔から聞き分けのよい、いい子だった。

今回だって、あっさり従ってくれるはず。

そうなるように、育ててきた。

「当然だ」

「そっか」

陽菜は広茂《ひろしげ》の言葉を聞いて一度顔を伏せ。

そして何秒か経《た》って、顔をあげた。

「……っ」

思わず、息を呑《の》んだ。

陽菜が――これまで見たことのない表情をしていた。

その表情につける適切な言葉を、広茂は持ち合わせていなかった。

無理やり表現するならば、諦念……だろうか。

呆れ、諦め、すべての慈悲を放棄したような表情。

背筋が粟立《あわだ》つ。

このままじゃまずいと思った。

けれど結局どうすればいいか分からず、陽菜の続く言葉を阿呆《あほう》のように待つ。

心臓が痛い。はち切れそうなほどに拍動している。

陽菜の唇が、淡々と動いた。

「じゃぁお父さん。私も思ったことを正直に言うね」

「……ひ、陽菜？」

「お父さんってさ」


「なんかすごい名作を書きたいと思ってる？」


一瞬、なにを言われているのか理解できずに固まった。

そんなことはお構いなしに、陽菜は話し続ける。

「クライマックスを壮大にしたかったのかもしれないけどさぁ、展開が無理やりすぎるよ。登場人物たちだけが焦ったり泣いたり怒鳴ったりして、こっちの気持ちが全然入っていかない。書いてるほうは気持ちいいのかもしれないけど、読者は置き去りだよ」

「ちょ、ちょっと待ってくれ」

「それにキャラクターが全員イマイチっていうか……なんで全員ちょっとネガティブなの？　考え事のシーンが多すぎて全然物語も動かないし、この主人公の回想シーンって必要？　話のテンポ悪くしてない？」

「待って、待って」

「それにさぁ、文章がすごく読みにくいんだよね。やたらと凝った文章にしてるし、ひらがなでいい字も漢字にしてるしさぁ、読むときに目が引っかかるんだよね。読者のことちゃんと考えてる？」

「待ってって！」

息がしにくい。

急に酸素が薄くなったみたいだ。

「ど、どうしたんだ陽菜《ひな》。急にそんな、ダメ出しみたいな……」

「ダメ出しみたいじゃなくて、ダメ出しだよ。お父さんが私の小説を酷評したみたいにね」

「仕返しってことか？　そんな幼稚なこと——」

「違うよ」

陽菜は首を横に振る。

「違うんだよ、お父さん。私、信じてた。お父さんならきっと、ちゃんとした評価をしてくれるって、信じてたんだ。なのに」

くしゃっと、原稿にしわが寄る。

「私のために、なんて耳ざわりのいい嘘《うそ》ついてまで、自分が書籍化しようとするなんて思わなかった」

「ち、違う！　それは違うぞ、陽菜！」

「ねぇ、お父さん、気づいてた？」

陽菜が震える声で言った。笑みを浮かべ、けれど目はちっとも笑ってなくて、これから発せられる一言一言があまりにも怖くて、広茂《ひろしげ》は思わず息を殺した。

「私ね、習字も俳句も、お絵描きも工作も、ダンスもピアノもヴァイオリンも、全部全部、ぜんぶ、全部、ぜんぶっ……大好きだったんだよ」

知っている。

知っていた。

だけど、辞めさせた。

いつか小説にまで、その才能が開花するのが怖かったから。

自分にはない輝くばかりの才能に、心の底から嫉妬しそうだったから。

バレていたんだ、なにもかも。

幼い、才能あふれる陽菜には、自分の浅はかな行動などすべてお見通しだったのだ。

ただ、自分が陽菜の父親だから我慢してくれていただけで。

肉親だから許されていただけで。

自分はその好意に、甘えていたのだ。

「ひ、陽菜、話し合おう。な？　お父さん、ちゃんと陽菜の言うことも聞くから。お互いの妥協点を探っていこう、な？」

「……お父さんって、小説書き始めて三十年なんだっけ」

陽菜《ひな》は広茂《ひろしげ》の言うことなど聞きもせず、手元にある原稿をつまみあげた。

まるで、汚い物でも触るように。

「読む前は期待してたんだけどな。それだけ書き続けてたなら、さぞかし面白いものが読めるんだろうなって」

やめろ。やめてくれ。

陽菜が何を言おうとしているのかが分かってしまって、広茂は声にならない言葉を叫ぶ。

「でも、蓋を開けてみたら……なぁに、これ?」

やめろ。

「流行《はや》りもなにも理解してない、自分が面白いものを書いていたらいつか誰かに認めてもらえるっていう甘えでべとべとにコーティングされた自己満足の塊じゃん」

やめてくれ。

「感性が遅れてるんだよね。一周回って戻って来るとかじゃなくて、180度違うところでずーっと足踏みしてる感じ。才能ないとかいう次元じゃないよ。センスの欠片《かけら》も感じられない」

頼むから、

「最近の売れてる小説とか、あんまり読んでないでしょ。無駄なプライドが邪魔して、読めなかったんじゃない？　そんなんだから書いてる文章から加齢臭がするんだよね。意気揚々と書いてるギャグ、読んでて本当にきつかった」

お前の口からその言葉を――

「まぁ端的に言うとさ、お父さんの小説って――」

言わないでくれ。

「くっそつまんないね」

【エピローグ】

ふと、屋上に行きたい気分になった。

屋上が開放されている学校は意外と少ないということを、ついこの間、凛香《りんか》から教えてもらったからかもしれない。

屋上には先客がいた。柵の上に危なげなく立ち、制服を風ではためかせながら、先客は校庭を見下ろしていた。そして振り向いてもいないのに、まるで後ろに目がついているみたいに、言う。

「おはよう、陽菜《ひな》おねえさん。昨日はよく眠れた?」

「無理に決まってるでしょ……お通夜みたいなムードだったんだから」

「きゃはは、ウケる～」

実の父親の小説をこき下ろし、プライドをずたずたに引き裂いたのだ。和やかに晩御飯、というわけにはいかなかった。

とはいえ父親にも後ろ暗いところはあったわけで、陽菜に文句を言う権利もあるはずがなく……結果、肌を突き刺すような沈黙が流れ続けた。

事情を詳しく知らない母親だけがおろおろしていたが、きっと陽菜が部屋に帰った後に、

父親から説明があったことだろう。

「今回の制裁も、なかなか痛快だったでしょ。名付けて、出版社を偽って夢を見させて本当に才能のある娘にボッコボコにやられちゃえさくせ～ん」

今回、陽菜《ひな》がラヴィからお願いされていたのは、小説を一本書いて欲しいということだけだった。その他のことは何も知らされず昨日を迎えたのだけど……まさかあんなに手の込んだ作戦を練っているとは思わなかった。もうちょっと事前に色々説明してくれてもいいと思う。

「聞きたいことは山ほどあるんだけどさ、とりあえず、あの牧野《まきの》って人は誰なの？　ラヴィの知り合い？　レンタルルームに入ったら知らない人いてびっくりしたんだけど」

「あぁ、あれは僕の制裁を手伝ってくれてる仲間だよ。前に一回不良に絡まれてるのを助けたことがあって、それ以来なにかと助けてもらってるんだよね～。制服の調達とか、いろいろ」

なるほど、ラヴィの制裁を手伝う人間が存在していたのか。成人しているとなると、ラヴィではできないことまでサポートが行き届いているだろう。理想のパートナーというわけだ。

「っていうか、制服の調達って……やっぱりラヴィ、この学校の生徒じゃないんだね」

「ん～？　そんなこと言ったっけ？」

またはぐらかすように笑う。結局、ラヴィの言うことがどこまで本当なのか、どこからが嘘《うそ》なのか……陽菜にはいまだに分からなかった。

出会ってから今日まで、ずっと翻弄されっぱなしだ。

「それよりさ、おねえさんはこれからどうするの？」

目的語の足りない問いかけだったが、ラヴィが聞きたいことはなんとなく察せられた。

だから、端的に答える。

「家は出るつもり。あんなことがあった後じゃ、家にいるのもお互い気まずいしね」

幸い、聖華《せいか》学園には寮も設《しつら》えられている。本来であれば地方の生徒のために開かれている場所だが、徒歩圏内に住む生徒の入寮が禁止されているわけでもないので、頼み込めば入寮させてもらうこともできるだろう。

「後はほら、バイト始めよっかなぁって。できるだけ早く自立したいし、お金貯《た》めないとね」

「ふぅん」

聞かれたことにちゃんと答えたのに、ラヴィはなぜか不満げだった。

そして唇を尖《とが》らせて「相変わらず普通だね」と言った。

「折角《せっかく》陽菜おねえさんを抑圧してた悪者をやっつけたんだから、もっとはっちゃけて自由に生きればいいのに。いっそのこと、学校なんかやめて旅に出たりするのはどう？　アウトローでかっこいいじゃん」

「無茶言《むちゃ》わないでよ」

陽菜《ひな》は乾いた笑いをこぼした。

「そんなに簡単に人は変われないよ。ずーっと、普通に生きてきたんだから」

普通に生きること。堅実な人生を送ること。毎日のように刷り込まれてきた生き方は、習慣は、未《いま》だに陽菜の身体に染みついている。

ただ——

「私ね、思い出したんだ。東散《ひがしばら》先生に、どんな悩みを打ち明けたのか」

自分には悩みなんてないと思っていた。けれど東散先生の巧みな技術は、陽菜が心の奥底にしまいこんでいた悩みを引き出していた。それを昨晩、思い出したのだ。

「父親に普通にしてろって言われるんだけど、普通ってなにか分からない。私はそう打ち明けたと思う。悩んでたんだ、私。知らないふりして、ずっと」

小学校の頃、色々な賞を取った。習字もピアノも俳句もダンスも、どれも嫌いではなかったけれど、一番嬉《うれ》しかったのはやはり、両親に褒《ほ》めてもらうことだった。

褒めてもらいたかった。よくやったね、すごいじゃないか。そうやって褒めてもらえれば、それでよかったのだ。

だけど実際にかけられた言葉は、どれも陽菜を諫《いさ》めるばかりで——結局、なにもしないことが一番褒められるのだということに気づいた。

だから普通を好きになろうと思った。平凡な自分を演じようと思った。

その必要もなくなった今、自分がどう振る舞えばいいのか、すぐには結論を出せなかった。でもきっとしばらくは、これまでの周藤《しゅうとう》陽菜をなぞるように生きて行くことになると思う。

「それにさ、私はラヴィのそばにいなくちゃいけないと思ってるんだよね」

「僕のそばに？」

「そ。やっぱりラヴィは危なっかしすぎるから」

偽善者を裁くのはいい。それで救われる人間がいることは、ラヴィと共に過ごすようになって十二分に理解できた。

けれど——その偽善者を裁く動機が「自分が面白いから」なラヴィは、必要以上に関わる人間を傷つけてしまう。

本当は陽菜の父親だって、あんなに傷つかなくても、変われたのかもしれないのに。

傷つけた張本人の自分がそんなことを言う権利は毛頭ないと分かってはいるけれど。だけど、そう思わずにはいられないのだ。

「やっぱりラヴィには手綱を握る人が必要なんだよ。今回、自分が当事者になって、それがよく分かった」

「へぇ」

ラヴィは挑戦的な笑みを浮かべた。

「できるの？　陽菜《ひな》おねえさんに」

「どうだろ。でも、他の人よりはうまくできると思うよ」

ラヴィのことを十全に理解できているとは思わない。けれど、彼女をコントロールすることは、きっとできるはずだ。いたずらに人を傷つけず、偽善者を裁き、傷ついた人間だけを救っていく。そんなことだって、きっとできるようになるはずだ。

「だから、これからもよろしくね、ラヴィ」

「ふぅん、まぁせいぜい、僕を楽しませてよね。面白くない人間に、僕は興味ないからさ」

始業のチャイムが鳴った。もうすぐ授業が始まる合図だ。

陽菜は校舎に歩を向けて、そしてやっぱり、ラヴィは教室に戻る素振りは見せなかった。

「ねぇ、陽菜おねえさん」

去り際、ラヴィの声が後ろから届く。

「今回の件、陽菜おねえさん的には最低の気分だった？」

今回の件。

それはきっと、陽菜の父親の化けの皮を剥《は》いで、制裁したことを指しているのだろう。

何を当然のことを……。陽菜は苦笑いをこぼしながら、口を開く。

そんなの、最低以外の言葉で説明できるわけがないじゃないか。
実の父親が、自分のちっぽけなプライドのために子供を抑圧していた。
その事実を、あろうことか陽菜自身の手で暴いてしまった。
心を折るために、いたずらに人を傷つける言葉を選んでしまった。
決壊したダムから水が噴き出すみたいに、罵詈雑言《ばりぞうごん》をぶつけてしまった。
そんな醜い自分の一面を、知ってしまった。
ラヴィと出会わなければ、こんなことにはならなかった。
平凡で、平穏な、普通な毎日を過ごせるはずだった。
これからもずっと、家族みんなで楽しく団らんできるはずだった。
だから、もちろん、返す答えは、

「ううん、最高だった」

……あれ？
切れた唇を確認するみたいに、陽菜は自分の口をそっと触った。
今、自分が言った言葉が、信じられなかった。
心と言葉が一致していない。

泣いている少女の絵に鮮やかな色調の絵具《えのぐ》を塗るような。

キンキンに冷えたグラスにアツアツのホットコーヒーを注いだような。

ちぐはぐで、あやふやで、バラバラな——強烈な違和感。

自分の発した言葉が信じられず、ただ茫然《ぼうぜん》と立ちすくむ陽菜《ひな》の姿を、ラヴィは静かに見つめている。

いつものように煽《あお》らない。

挑発しない。

揶揄《からか》わない。

はぐらかさない。

茶化《ちゃか》さない。

ただひたすらに、突き抜けるような蠱惑的《こわくてき》な笑みを浮かべながら、

「いい染まり具合じゃん」

そんなふうに、つぶやいた。

あとがき

私の本作における執筆は、ラヴィというキャラを探すところから始まりました。

この曲をノベライズするにあたって最も重要なことは、すりぃさん作曲のラヴィを聴き、この本を手に取ってくれた読者の皆さまに「あぁ、曲の中にいたラヴィが生きている！」と思ってもらうことでした。そのためには曲の中に潜むラヴィを引っ張り出し、どんな人生を送っているのかを知る必要がありました。

これがとんでもなく難しい。

曲を聴けば、たしかにラヴィという存在はそこにいるのに、全容をなかなかつかむことができません。あっちに行ったりこっちに行ったり……画面の中を飛び回り、たまにこっちを見てはニヤニヤと笑い、尻尾を見せたかと思えばまた隠れてしまいます。

しかし何度も曲を聴いているうちに、ふと幻聴のようにラヴィのあるセリフが聞こえてきました。それが「君の人生、滅茶苦茶《めちゃくちゃ》にしてあげる」です。

おそらくこのラヴィというキャラに関われば破滅してしまうだろう。自分の意思とは関係なく、問答無用で振り回されて、気づけば何もかも終わってしまっているだろう。そんなパワーのあるキャラクターであると確信しました。

そこからはラヴィという人物がどんどんと姿を現してくれました。

ラヴィがなぜ、どんなふうに、誰の人生を滅茶苦茶にするのか。

何が好きで、何が嫌いか。性格は、行動原理は、喋《しゃべ》り方は、一人称は。

ひとつずつ、パズルのピースをかき集めるように、ラヴィというキャラクター像が鮮明になっていきました。

驚くほどに美しい顔立ちで、奇抜な衣装に身を包み、女の子のような見た目をして、自分を男だと主張したり、時には吸血鬼だと言ってみせたり、発言のすべてにとらえどころがなく、存在そのものが蜃気楼《しんきろう》のようなのに、一度目にすれば脳天を揺さぶられて忘れられないほどの強烈なインパクト。それが、私がすりぃさんの曲を聴いて解釈したラヴィというキャラクターであり、そんなラヴィが紡いだのが「偽善者を制裁する」という物語でした。

すりぃさんの曲を聴いた人がこの物語を思い出し、この物語を読んだ人が「ラヴィ」という曲を思い出すような、そんな循環性のある本になっていれば、これほど嬉《うれ》しいことはありません。

ラヴィという唯一無二の楽曲を作り上げてくださったすりぃさん、ビビットで美麗なイラストを手掛けてくださったＳＰＩＫＥ《すぱいく》さん、担当編集さん、そしてこの本を手に取ってくださった読者のみなさまに、心より御礼申し上げます。ありがとうございました。

玄武聡一郎《げんぶそういちろう》

ファンレター、作品のご感想をお待ちしています

あて先

〒102-0071　東京都千代田区富士見2-13-12
株式会社KADOKAWA　MF文庫J編集部気付
「玄武聡一郎先生」係　「SPIKE先生」係　「すりぃ先生」係

MF文庫J

ラヴィ THE MUSIC NOVEL
ギゼンシャ・クライシス

2025年 1月25日 初版発行
2025年 5月25日 3版発行

著者 玄武聡一郎

原作・監修 すりぃ

発行者 山下直久

発行 株式会社 KADOKAWA
〒102-8177 東京都千代田区富士見2-13-3
0570-002-301（ナビダイヤル）

印刷 株式会社 KADOKAWA

製本 株式会社 KADOKAWA

Printed in Japan ISBN 978-4-04-684447-7 C0193

◆◇◇